陳舜臣

陈舜臣随笔集

万邦宾客

〔日〕陈舜臣 著
崔学森 高美美 译

中国画报出版社·北京

图书在版编目（CIP）数据

万邦宾客 /（日）陈舜臣著；崔学森，高美美译. — 北京：
中国画报出版社，2020.12
（陈舜臣随笔集）
ISBN 978-7-5146-1983-6

Ⅰ. ①万… Ⅱ. ①陈… ②崔… ③高… Ⅲ. ①随笔—
作品集—日本—现代 Ⅳ. ①I313.65

中国版本图书馆CIP数据核字（2020）第240938号

万邦宾客
[日]陈舜臣 著　崔学森　高美美 译

出 版 人：于九涛
责任编辑：郭翠青
营销主管：穆　爽
责任印制：焦　洋

出版发行：中国画报出版社
地　　址：中国北京市海淀区车公庄西路33号　邮编：100048
发 行 部：010-68469781　010-68414683（传真）
总编室兼传真：010-88417359　版权部：010-88417359

开　　本：32开（787mm×1092mm）
印　　张：5.5
字　　数：100千字
版　　次：2021年1月第1版　　2021年1月第1次印刷
印　　刷：北京洲际印刷有限责任公司
书　　号：ISBN 978-7-5146-1983-6
定　　价：48.00元

目录

第一部

万邦宾客

第一节　牧野之战

中国古代有几场战争广为人知。传说黄帝与神农氏的子孙战于阪泉之野，又与蚩尤氏战于涿鹿之野。

涿鹿之战中，蚩尤作大雾困住黄帝的军队，黄帝发明指南车，辨明方向，最终击溃敌人。据说黄帝还驯化熊、虎等七种猛兽参与战斗。后人解释说这些“猛兽”是部队的番号。

无论如何，我们所见到的“历史”是发现殷商甲骨等文物以后的历史，之前是传说和神话的世界。或许神话和传说也能反映几分史实，但是并不能直接将其视作“历史”本身。

夏桀大败于鸣条，最终亡国。这种将战争传说当作历史事实的说法无凭无据。论起历史上的战争，灭商兴周的牧野之战可以说是现今有史可稽的第一次战争。

据说牧野在殷都南郊。

周朝集结兵力，第一次起兵，本想在黄河渡口孟津渡河，直捣殷商大本营，却折返回营。两年后第二次起兵之时，战争才正式打响。

第一次起兵时为何折返，原因至今不明。

第二次出兵是在文王去世之后。将士出征之际，其继承人武王以“太子发”自称，将文王的牌位载在战车上。

周文王名姬昌，乃季历之子，曾西进征讨犬戎、密须，深得民心。殷商也认可周的实力，封姬昌为“西伯”。或许当时周就已经逐渐积蓄实力，有意取殷商而代之。

周王朝以农业立国，却多有游牧民族的色彩。西伯姬昌的父亲季历是家里最小的儿子，末子继承是游牧民族特有的继承方式。13世纪成吉思汗时期，末子叫作“斡赤斤”[①]，待遇特殊。与忽必烈争夺帝位的阿里不哥[②]是嫡出末子，即“斡赤斤”，是汗位第一顺位继承人。

一旦儒家重视长幼有序的思想成为主流，就必须对幼子继承大统给出合理解释。于是就有了这种说法：姬昌是天选

---

① 蒙古语音译，意为“灶君”，指幼子。

② 孛儿只斤·阿里不哥（1219—1266），蒙古贵族。元睿宗拖雷的第七个儿子，元宪宗蒙哥及元世祖忽必烈之弟。

之子，祖父想将王位传给他，所以先将王位传给姬昌的父亲季历。季历的兄长太伯和虞仲得知父王的愿望后，为遂其所愿，两人一起出走他乡。太伯成为吴国的祖先，这也成了吴国建国传说。《史记》也取这一说。

西伯姬昌在位50年，在其统治的最后十年僭越称王，死后谥“文王”。

文王姬昌夺取天下大业尚未完成便去世，太子姬发即位，这便是周武王。即位九年后，武王祭奠先王，将文王牌位放在战车上，名义上想让这场战争由已故的文王来指挥。虽说文王已经去世，但他在民众中威信不减，武王只是顺势而为，采取了这种出征的形式。

好不容易载着文王牌位抵达孟津，却不知为何又中途折返，或许是因为敌人的防守比预想的更加坚固，意识到尚不具备攻打敌人的实力，又或许是考虑到策反倒戈工作尚不到位，抑或是顾虑到首战有可能失败而中途退兵。

当时，在周军看来，多次出现象征自己一方取胜的吉兆。例如，传说有白鱼跃入武王乘坐的船里。每个王朝都有自己崇尚的颜色，夏朝尚黑，殷商尚白，周朝尚红。“白鱼跃入武王之船”被诠释为周承受天意，任意宰割“白鱼”殷商。

还有，河流上游火势凶猛，大火在武王的营房前化为一只赤乌。巫师（萨满）解释这也是吉兆。周军士气高涨，大呼“纣可伐矣”。可是，武王此时虽然明知这些吉兆，却说“女未知天命，未可也”。屈原的《天问》中记载，提出收兵的是周公旦。

周之前的殷商实行的是神权政治，任何事情都必须先询问神意。殷王同时充当巫师，沟通神灵。神明会过问人间的大小事情。殷人最关心的是祭祀，他们灼烧牛的肩胛骨或龟甲，通过分析灼烧后甲骨上的裂纹来探寻神意。

比如，在祖父的忌日应该供奉多少祭品才能告慰先祖亡灵？甲骨上诸如此类的记载很多。供品有猪有牛，多达几十头，甚至上百头。这些内容都一一刻在甲骨上。如果对询问的结果不满意，便要重新占卜。殷墟出土的部分甲骨藏于民间，总数不详，不过，估计多于十万片。

占卜行为一天一次，占卜之后甲骨就没有用处了，被丢弃在土坑里，因此会有大量甲骨出土。估计殷朝也是以某种形式留下了关于国家的记录，不过周朝许是将其毁掉了，其目的是为了制造对自己有利的“历史”。

周是商的诸侯国，周既然讨伐主君殷商，便需要各种正当理由，必须在历史上留下商纣王暴虐昏庸的骂名。恐怕这其中捏造的部分不在少数。

周一定是毁掉了与自己创造的“历史”相悖的记录，抹去殷朝的记录也是出于这一目的。于是，周编造出商纣王轻视祭祀先人之类的记载。但是，大量出土的甲骨片显示，纣王较历任商王更加热衷于祭祀活动。

纣王统治时期祭祀的突出特征是很少牺牲活人祭祀。之前殷商的祭祀多供奉斩首的游牧民族羌人，且一次供奉三五十人。然而，这一现象在纣王统治时期消失了。也有人认为，当时人是劳动力，拿劳动力作为祭品实在可惜。但是，停止使用活人祭祀这件事本身就足以推翻“纣王昏庸无道”之说。

从字面上看，羌人是牧羊的游牧民族，“羌”字上半部分为“羊”字，下半部分表示人的辫发。羌人在草原上三五成群地放牧，很容易被殷人抓获。甲骨上也刻有“今天捕获了几名羌人”这样的内容。

可以推定，甲骨的发现基本证实了周篡改历史的事实。纣王是否真的如传说般暴虐无道，十分值得怀疑。如此说来，第一次起兵伐殷半途折返，也可能是周军战败受挫的掩饰。

根据甲骨文记载，当时殷频繁地向一个东方小国“人方”出兵。然而，参考周朝官方历史记录撰写的《史记》却对殷出兵人方一事只字未提。周故意隐瞒这件事，实在不合常理。周在殷忙于征讨人方的战事之时趁乱出兵，也就是所谓乘虚而入。究其动机，大概是不想留下企图乘人之危的把柄吧。

第一次出兵伐殷之际，周本以为殷军已经远征他国而一举入侵，途中听说殷军已经班师还朝而就此罢兵，事实十有八九如此。

第二次起兵伐殷比第一次更加谨慎。跟第一次一样，举兵时带着文王的牌位。举兵前照例占卜，结果是大凶。据说太公望拨开筮竹，踩碎了龟甲，说道：“枯骨死草，何知而凶！”

这个时期，武王的战争动员令中有“庸、蜀、羌、髳、微、纑、彭、濮人，称尔戈，比尔干，立尔矛，予其誓”。此处列举的都是少数民族的名称。

如上所述，殷人捕获羌人之后就会将他们供奉给神灵或是作为奴隶役使。

也有人认为“羌”写作“姜”，羌人即姜姓氏族。殷周之战的军师姜太公吕尚被视作姜姓始祖。

被殷人当作猎物的羌人自然对殷恨之入骨。传说周的始祖之母姓姜，这一点值得注意。

周部落姓姬，而周的始祖之母姓姜，这暗示着周部落是母系氏族。而且，连周部落的军师太公望都是姜氏出身，这意味着西方游牧民族姜氏试图和农耕民族的领袖联合讨伐殷商。

殷商在牧野之战中大败于以周为首的联军，殷商动员的七十万大军也全部倒戈相向。

> 纣王的联合军人数虽多，却都无心战斗，一心想迅速归入武王麾下。纣王的军队在与武王军队开战时全部调转枪口，投敌背叛。纣王逃到鹿台，把宝玉都盖在身上，投火自焚而死。[①]

这是《史记》关于牧野之战的所有记录。

牧野的具体位置不详。据说纣王统治时期，殷商定都“朝歌”，周领导的联合军逼近朝歌南郊。朝歌在今天河南省淇县附近，牧野应当在淇县南部的汲县（现为卫辉市）附

---

① 原文为“纣师虽众，皆无战之心，心欲武王亟入。纣师皆倒兵以战，以开武王。武王驰之，纣兵皆崩畔纣。纣走，反入登于鹿台之上，蒙衣其殊玉，自燔于火而死”。引自《史记·十二本纪·周本纪》。

近。《史记》记载纣王集结七十万军队，而《帝王世纪》则记为十七万。《帝王世纪》为皇甫谧（215—282）所著，该书已经失传，只有被其他著述引用的部分流传下来。该书成书比《史记》晚三百五十余年，其中记录的殷军人数从《史记》中的七十万减少到十七万。或许皇甫谧怀疑是否确有七十万人，或许觉得七十万人的记载过于夸张。

牧野之战中，周军规模为戎车（战车）三百乘，虎贲（士官）三千人，甲士（武装兵）四万五千人。这些是周自己的军队，另有其他诸侯的军队，总计战车四千乘。

后人作注解释，一车四马为一乘，车上甲士三人，车下步卒七十二人，五百乘[①]即三万七千五百人。因此，《史记》中记载的周军兵力加上各诸侯的兵力，总数约为殷军的一半，未必寡众悬殊，而问题的关键在于纣王的军队毫无斗志。

纣王火烧鹿台，佩戴珠玉投火自焚。鹿台是纣王花费七年建造的宝库。纣王宁愿将鹿台毁于一旦，也不肯让财宝任由攻入的敌军肆意掠夺。

当时的作战方式尚不明确，距离铁制兵器的出现应该

---

① 《史记》原文为“遂率戎车三百乘”，文中写“五百乘”恐是笔误。

还有很长一段时间，兵器以青铜器为主，战争成本很高。另一方面，胜者能从失败的一方掠夺战利品，只要获胜就有利可图。

据传武王登上鹿台，亲自向纣王的尸体射了三箭，又用剑刺，然后用黄钺切下纣王首级，将其挂在白色大旗上。不知武王是否真的进行了这样的仪式。既然纣王投火自杀，遗体应该已经烧焦，还谈得上“斩首”吗？这件事究竟发生在什么时候？甲骨上一般刻有天干地支，关于时间的记录很清楚。目前，唯独没有发现记录牧野之战的甲骨，因而我们无从获知这场战争发生的准确时间。

关于牧野之战发生的时间，董作宾①（1895—1963）主张以公元前1111年为上限，公元前1027年为下限。

他的判断依据是，第一次出兵讨伐殷商又途中折返，是因为“天命殷商命数未尽”。

再次出兵讨伐殷商时，殷的太师带着殷的祭器逃到周，这意味着天命灭殷，殷命数已尽。太师或少师是乐师之首，或是乐师的辅佐者，是古代非常重要的官职。在召唤祖先灵魂的仪式中，必须由太师演奏音乐，使用祭器。既然现在殷

---

① 董作宾，原名作仁，字彦堂，又作雁堂，号平庐。甲骨学家、古史学家、“甲骨四堂”之一。

连召唤祖先神灵都无法做到，周也就不必担心会出现任何凶兆了。

季历的一个妃子生下文王，她出身于畿内殷姓诸侯之家。《诗经·大明篇》中有相关记载，“自彼殷商，来嫁于周”。

周讨伐殷，仅杀死了纣王。武王将殷地分封给纣王的儿子禄父（武庚），又以纣王之弟管叔鲜和蔡叔度为相，自己则率兵西归。

《史记》记载，纣王的首级被挂在白色大旗上。如前文所述，白旗是殷商的标志，而将首级挂于旗上并不值得宣扬。文王武王是人们口中的圣人，更何况文王的生母即武王的祖母是殷商子民。因而，也有人主张旗帜上悬挂殷王首级的记载不可信。

明代的方孝孺[①]（1357—1402）论述道，牧野之战后残忍的处置方式不符合圣人的行为准则，因此不属实。他颇有自信地推断：“此皆战国薄夫之妄言，齐东野人之语，非武王之事。”

牧野之战虽然称为“战争”，但殷军在交锋时倒戈投

① 方孝孺，宁海人，字希直，一字希古，号逊志。明朝学者、文学家、散文家、思想家。

敌，或许两军没有发生大规模冲突。战后论功行赏之时，“首封”即受封一等功的是太公望吕尚。他被分封于营丘，国名为“齐”。

太公望吕尚又被称为“齐之逐夫”。所谓“逐夫”是被逐出家门的丈夫之意。妻子埋怨他“百无一用”，将其逐出家门，现在他却功成名就，衣锦还乡。姜太公受封一等功的原因不得而知，但这次不战而胜的战役很大程度上应归功于他的才智。提起姜太公，我们马上会想起“姜太公钓鱼”的民间故事。传说西伯姬昌在渭水之北和正在钓鱼的姜太公交谈后，认为他是一个了不起的人物，于是将他请回，封为“国师”。

屈原的《天问》中有这样的诗句：“师望在肆，昌何识？鼓刀扬声，后何喜？”根据这一记载，太公望不是在钓鱼，而是在肉铺里一边磨刀一边大声谈论天下大事。西伯姬昌被太公望的见解深深折服，便将其收为心腹。

鱼也好，肉也罢，太公望的形象总是和吃的东西息息相关。这让人联想到殷早期的名臣伊尹，他精通烹饪之道，以此接近商汤。或许太公望这位名垂青史的宰相原本就是一个厨师。

牧野之战时，官兵们吃什么食物呢？殷商时期的出土文物中，酒器占绝大多数。目前，食物的具体情况不得而知，殷人大量饮酒却是不争的事实。也有不少人很极端地认为，酒是导致殷商灭亡的罪魁祸首。

《尚书·周书》中有一章名叫“酒诰”，传说作者是武王或周公，讲的是戒酒的内容：“天降威，我民用大乱丧德，亦罔非酒唯行；越小大邦用丧，亦罔非酒唯辜。”

周公再三强调酒的危害，说殷商因“酒池肉林”而威仪尽失，因此天降灾于殷商，不再庇佑殷商。

他在书中写道：“唯民自速辜。”认为殷民嗜酒，也难免其罪。

> 厥或诰曰：“群饮。”汝勿佚。尽执拘以归于周，予其杀。

周和殷相比，尽管周的统治阶层与殷一脉相承，但总体上差异很大。比如，殷商万事都要询问神意，但周未必如此。第一次出兵伐殷之时，一切占卜结果都是“吉”，可是周并没有遵循神谕继续战争。

周更加注重实质内容，殷更加依靠神意。殷纵欲嗜酒，而周更加克己禁欲。

但是，周公常说，尽管殷商的子民纵欲嗜酒，也不能残杀迫害他们，而是施以教化。以王国维（1877—1927）为代表的史学家将牧野之战视为“殷周革命”。而以傅斯年（1896—1950）为代表的史学家则以“夷夏东西说”来理解中国的地方差异。

无论哪一种认识，牧野之战都可以说是认识中国历史的一道关口。或许我们不必给出答案，但在跨越关口时，我们必须驻足思考：为什么殷的青铜器如此复杂古怪？为什么酒器数量如此之多？

第二节　曲水与淝水

唐王朝的开创者高祖李渊自称十六国时代西凉武昭王李暠的第七代子孙。当然这只是李渊自己的说法，并没有可靠的证据。这位李暠也自称汉代将军李广的第十六代子孙，李广是那位令匈奴闻风丧胆的“飞将军”。传说他放箭射“虎”，箭射在形状如虎的石头上，插入石中难以拔出。

如今，我们将“凉”称作“西凉”，实际上国号只是“凉”。然而，当时以“凉”为国号的政权有五个，因而人们在“凉”字前加上不同的字眼儿加以区分。

按建国从早到晚依次排列，五个政权分别为：前凉（318—376）、后凉（386—403）、南凉（397—414）、北凉（397—460）、西凉（400—421）。其中，前凉和西凉是汉族政权，后凉是氐族政权，南凉是鲜卑族政权，北凉是匈奴政权。起初北凉的当权者是汉族太守段氏，不久被匈奴取而代之。

虽然名为“十六国”，但“十六”不过是大概的数字，汉人冉闵建立的政权“魏”只存在了三年，所以历史学家没有把它算在“十六国”中。

349年，冉闵发布悬赏令，迫害匈奴，二十多万匈奴人被杀。《资治通鉴》记载：“高鼻多须滥死者半。”匈奴人的面貌特征是鼻梁高挺，须发旺盛。据说5世纪进攻欧洲的匈人[①]阿提拉[②]面部扁平，鼻梁低且体毛稀少。这样一来，匈奴和匈人同根同源的说法则显得不合逻辑。但也有人主张，匈奴不是民族的名称，而是一个政权的名称。根据这一说法，就可以解释为什么很多民族都可以称为“匈奴”了。

无论如何，4、5世纪的中国已经出现了外貌各异的民族，这一现象昭示着唐帝国即将崛起。

地处山西偏僻之地的鲜卑族政权勉强维持了十年，历史学家也没有将其算在十六国之中。

还有一个“北魏”政权，也没有被算在十六国之中。北

---

① 匈人，是一支生活在东欧、高加索和中亚地区的古代游牧民族。

② 阿提拉（406—453），古代欧亚大陆最为人熟知的匈人领袖和皇帝，史学家称之为“上帝之鞭”，曾多次率领大军入侵东罗马帝国及西罗马帝国，并对两国构成极大的威胁。

魏存在的时间超过一百年，是北方唯一一个超过五十年的政权，人们或许不愿意将它与十六国相提并论。十六国是众多小国，从地理位置上来说仅是地方政权，而北魏是与南方分庭抗礼、雄霸北方的大型政权。我们将北魏存在的那个时代称为“南北朝”。南北朝时代可以说是隋、唐这一世界性帝国崛起的前奏。

唐代之前，中国历史出现了一个有趣的动向，即中国一方面积极向世界扩张，另一方面汉民族文化向内收缩，二者并行不悖。

毫无疑问，中华文化中具有代表性的书法在这一时期达到顶峰。书法是一门创作者用心创作、鉴赏者欣赏诠释的艺术。

书画作品都面临保存困难的问题。敦煌壁画之所以如此珍贵，就是因为同一时期的绘画作品寥寥无几，或许只有墓葬棺椁中出土的帛画例外，马王堆出土的帛画就弥足珍贵。

大量写在纸上、画在绢上的书画几乎全部被损毁，我们只能通过地下出土的文物勾勒它们的样子。

十六国时代的“十六国”仅指中国北方，全国应称为“东晋十六国时代”。晋朝司马氏从中原地区东迁，定都建康（南京）。

经过八王之乱和永嘉之乱，晋朝皇室后嗣凋零，死伤殆尽，只留下琅琊王司马睿一位皇室继承人。他凭借琅琊名族王氏的支持，继承了大统。

东晋政权早期，政治上依赖王导，军事上依赖王敦。

书圣王羲之的父亲王旷是王导的表亲。王羲之早年丧父，在王导的抚养下长大成人。

永和九年（353），文人雅士齐聚会稽山阴的兰亭，举办三月三“曲水宴”。“曲水宴”即把酒杯放入水中，浮在水面上随流水而动，要求宾客在酒杯漂过自己的位置之前写诗作赋。当酒杯停在某位文人面前时，他就要端起酒杯一饮而尽。

当日共有四十二名文人雅士赴宴，后来当上宰相的谢安也在其中。共有二十七人写诗作赋，王羲之将这些作品编辑成书，为之作序。这就是书法界的巅峰杰作《兰亭集序》。

唐太宗李世民（598—649）酷爱王羲之的书法作品，他倚仗皇帝的权威，四处收集王羲之的书法作品。唐太宗留下遗诏，用王羲之的书法作品为自己陪葬。随着朝代更替，时代变迁，陵墓多被盗贼光顾，金银以外的其他随葬品被随手丢弃损毁。这着实可惜。

举办曲水宴是三月三上巳节的风俗。“上巳”的意思是

“一年中的第一个巳日”。五月初五的端午节则是五月的第一个午日。上巳日和端午日的具体日期在当月的12天之中变动不居，因此魏晋之后上巳节被固定在三月初三，端午节被固定在五月初五。

阴历三月初三，天气基本转暖。古时浮在水面上的不是酒杯而是人，这一天人们常常去水边沐浴，这一活动称为“祓禊”，目的是洗浊去垢，消灾除厄。不知何时，曲水宴渐渐成了三月三的主要活动。

当时的岁时记中曾记载：“四民并出江渚池沼间。临清流。为流杯曲水之饮。”

祓禊有消灾祈福、祈求丰收、祈愿人丁兴旺、祈求降雨等多种目的，举办形式各地不一。随着起初流行的“水浴”逐渐衰落，曲水宴之类的水边游乐或采撷香草渐渐成为主流，同时出现了贵族化的趋势。

永和九年的兰亭之会不是民俗活动，而是贵族的娱乐活动。

永和九年的前一年（352），将二十余万匈奴人迫害致死的冉闵被杀，来自氐族的苻氏在长安称帝。中国北方各地小国林立长期并存的局面终于被打破，较大型的政权由此诞生。氐族和羌族都是藏系少数民族，氐族人多从事定居农业，文化水平更高。

这个氐族统治的政权一般被称为“前秦”。前秦政权有一位优秀的皇帝——苻坚。当时，北方除了氐族统治的前秦政权之外，还有鲜卑族统治的前燕，苻坚控制了四分之一的中国。370年，苻坚终于攻取前燕，前秦如愿以偿，壮大为能与南方东晋政权分庭抗礼的一大势力。于是东晋也就不能悠游自在地玩曲水流觞的游戏了。

前秦苻坚实施了异乎寻常的政策，他将自己本族的氐族人迁移到东部地区，将原本聚居在东部的鲜卑人迁移到西部的首都长安，长安和洛阳的居民由此全部调换。

苻坚是理想主义者，他想让中国北方实现氐、羌、鲜卑、匈奴以及汉族的民族大融合。

这一时期北方民族领袖之中，出现了精通儒学之人，水平与汉人相比，有过之而无不及。据说匈奴人刘渊遍览诸子百家经书，从《诗经》《易经》《春秋左氏传》到《史记》《汉书》，儒家经典无不精熟。明代的李卓吾①甚至赞誉他的学识“羞煞司马儿”。刘渊儒学修养之高，足以让皇室司马一族汗颜。

---

① 即李贽（1527—1602）。字宏甫，号卓吾，别号温陵居士、百泉居士等。明代官员、思想家、文学家，泰州学派的一代宗师。

也有人称赞苻坚精通儒家经典，博学多才，且志存高远。苻氏来自氐族，不过与同为藏系少数民族的羌族之间的关系并不融洽。羌族姚氏一度归顺于南方汉族政权东晋。

毫无疑问，东晋一直致力于北伐事业，这一方针不可动摇，旨在收复以洛阳为首的中原失地。

三军统帅殷浩率领北伐军北上，不久遭羌人背叛，战败而归。羌人背叛也在情理之中。东晋朝廷担心羌人功高盖主，于是扣押其人质，并派出刺客行刺。如此一来，羌军自然会对朝廷离心并最终背叛。

此事发生在永和九年，即王羲之等人集会兰亭举行“曲水宴”的那年。起初，王羲之反对在这种时候北伐，他直接给殷浩写信，建议其放弃北伐。

殷浩战败后被罢官，接替他率军北伐的是野心勃勃的桓温，他是皇帝的乘龙快婿。

东晋皇帝本身缺乏实力，拥立皇帝的王族和军阀实力雄厚，皇帝与王族和军阀之间的实力几乎难分伯仲。

前凉是五凉之一的汉族政权，原本地处中原，为避免卷入纷争，政权开拓者张轨特意躲避到偏僻的地方。前凉政权起初便软弱无力，分别附属于两国，即一面向前秦称臣，一面附属于东晋。

当然，情况并非一直如此。前凉禁不起东晋的教唆，背弃前秦，只臣服于东晋，于是遭到前秦的报复而灭亡。

鸣沙山最早开掘的石窟始于前凉存在的这一时代。敦煌的石窟寺当时已经竣工，但现在未能留下早期的石窟寺。早期石窟开掘十年后，十三万前秦兵攻下了前凉控制的敦煌。

前凉王张天锡自知死期将至。他臣服于前秦却对其不忠，甚至还斩杀了前秦来使。

但是，苻坚不但没有处决张天锡，还在长安建造宅邸，让他住在那里。

不仅前凉如此，以前被前秦消灭的前燕皇帝和王公大臣也通通获得赦免。苻坚试图南征，一统天下，并非纯粹出于野心，他心中也燃烧着理想主义的熊熊烈火，希望通过自己的双手开拓一个全新的世界。

前凉投降三年后（379），前秦攻占襄阳。那里曾是三国鼎立时期关羽把守的城池，据关羽失守正好过了一百六十年，襄阳失守，东晋极为震惊。

当时，名僧道安[①]身在襄阳。苻坚不仅精通儒学，对佛教也心有所向，前秦对道安礼遇有加。苻坚对东晋作战的同

---

① 道安（312—385），东晋高僧，常山扶柳县（今河北省冀州境）人。

时，也以吕光为三军统帅，派军远征西域。

苻坚严命吕光："龟兹（库车）有名僧鸠摩罗什[①]，务必将其请来。"

公元383年，前秦西域远征军从长安出发。

同年八月，前秦皇帝苻坚率领百万大军离开长安，士兵六十余万，铁骑二十七万，军队旗鼓相望，浩浩荡荡，前后绵延千里，场面蔚为壮观。

东晋凉州刺史朱序在此前的襄阳之战中拼死抵抗，被俘后获赦，就任前秦度支尚书（财政部长）这一要职。这场战争中，东晋都护李伯护主动作为内应，和前秦军里应外合，苻坚以背叛旧主的不忠罪名除掉了李伯护。苻坚出于自己的理想主义情怀，赦免了朱序，却没有宽恕李伯护。

率领东晋军同前秦大军交锋的正是三十年前参加会稽山阴兰亭集会的贵公子谢安。他的麾下还有弟弟谢石和侄子谢玄，二人分别担任征讨大都督和前锋都督，与谢安并肩作战。

兰亭集会之后十年左右，写下《兰亭集序》的王羲之去世。

---

① 鸠摩罗什（343—413），东晋时期后秦高僧，天竺人，出生于西域龟兹国（今新疆库车）。

前秦军队和东晋军队对峙于淝水之畔，双方都将这场战役视为一统天下的决胜之战。

前秦号称拥兵百万，但不是将所有兵力一次聚齐，而是先驻扎在淝水之岸，等待后续部队。于东晋军而言，必须在前秦的大部队赶到之前攻破其先头军队。为了达到这个目的，他们必须先渡河。

前秦自然看出了东晋急于渡河，渡河时队列必然会被打乱，急于求成的时候尤其如此。前秦军为了引诱东晋军仓促渡河，故意将前阵后撤了一段距离。

在大部队赶往淝水的途中，前秦军定下了欲擒故纵、反戈一击的战斗计划。但是，前秦军一直后撤，迟迟没有收到反击迎敌的命令。士兵不清楚军队指挥层的作战计划。由于没有收到迎敌的命令，为了诱敌渡河而后退的命令一直有效。非但如此，还有人向撤退的士兵散布这样的信息：“撤退！快跑！战败了！”

这是因为有人企图混淆视听，扰乱命令。那位在襄阳之战中被俘获赦且受到重用的朱序，一手导演了这出大戏。

听到逃命的呼喊声，前秦的士兵不明就里，惊慌失措，一哄而散，并非敌军逼近所致。

是前秦的军队不假，但与苻坚出身同族的士兵并不多。

最多的是汉族士兵，然后是归降的鲜卑兵，其后是匈奴兵和羌族士兵。

这是一个多民族的集团军。苻坚心存理想，希望他们能够齐心协力，并肩作战。但是他们还没实现民族融合，相互之间还没有结成强劲的纽带，经不起流言蜚语的考验。

淝水发源于安徽省合肥西北。前秦的后续部队排成长列，从长安出发向东南方向行进，恰好遇到逃跑的先头部队，他们听到“已经输了，去了也赢不了，回长安吧”，之后便与撤退的部队一起逃跑了。

渡过淝水后的东晋军一鼓作气，乘胜追击，给予前秦军沉重一击。

苻坚以为自己开恩赦免并委以重任的降将会因此感激涕零，效忠于自己，这实在是过于幼稚且不切实际。搅乱前秦军阵营的是理应被处死的东晋地方长官朱序，和原本附属于东晋的地方政权领导者、前凉皇帝张天锡。可以说，这是理想主义的失败。

在淝水之战中，苻坚身负重伤，险些殒命，好不容易逃回长安，而那里鲜卑族实力大大强于拥护他的本族实力，原因是他曾经将居民进行了大调换。

将苻坚逼迫到五将山，又将五将山包围并迫使他禅让的是羌族的姚苌，姚苌一度臣服于东晋。苻坚拒绝了他的要求，于是姚苌派人到新平佛寺，将其缢死。

史书记载，姚苌麾下将士得知苻坚的死讯，纷纷落泪，“皆为之哀恸”。

《资治通鉴》的作者司马光将苻坚的败因归结为“骤胜而骄”。所谓骤胜，即屡战屡胜，未尝败果，因此渐渐自负起来，最终成了失败的原因。

杀害苻坚、将前秦据为己有的姚氏也立国号为秦。后世史家为便于区分，遂将苻氏建立的秦称为前秦，姚氏建立的秦称为后秦。

淝水之战大败前秦的东晋，也未能成功进军长安。

受苻坚之命远征西域的吕光按照原定计划攻打龟兹，并得到了身在龟兹的鸠摩罗什。吕光在自己的主公苻坚兵败淝水的八个月之后攻下龟兹国，此时他已无处可归，便想留在富饶的龟兹，自立为王。可是，鸠摩罗什称龟兹是“凶亡之地”，反对在此建国，于是吕光决定暂且东归。

史学家认为，鸠摩罗什担心吕光留在龟兹建立政权，会使自己丧失向“东方传法”的大好时机，因而才称龟兹是“凶亡之地”。

吕光东回到河西武威城，在那里建立了一个小王朝，后世史家称吕光建立的政权为“后凉”。后凉存在了16年，被后秦姚氏推翻。后凉被后秦所灭之时，鸠摩罗什被迎至长安。

襄阳名僧道安被迎至长安之后，一直居住在五重寺。他的高徒慧远并没有和他一起到长安，而是住在东晋下辖的庐山，住持的寺庙叫东林寺，是当时南方佛教的中心。

当时南北双方都重视佛教，礼遇名僧。这大概是由于当时中国民族混杂，为了加强人与人之间的联系，求助于非本土因素更为合适。

中国僧人立志前往天竺求法也始于这一时期。399年，僧人法显[①]为求取真经离开长安，前往天竺。此时，淝水之战已经过去十六年。当时，法显应该不知道鸠摩罗什已被吕光请到河西地区，否则法显或许不会远赴天竺了。

法显踏上前往西域的旅途时已年逾六旬，回国经由海路。他把将近十五年的旅途见闻整理成《佛国记》（又名《法显传》），为后人留下了一份弥足珍贵的资料。

继鸠摩罗什之后，有大批印度和其他西域国家的僧人来

---

① 法显（334—420），东晋高僧，平阳郡武阳（今山西临汾）人。

到中国。来自北印度的佛驮跋陀罗[①]曾经担任鸠摩罗什的助手，但后来受到处分，被逐出长安，庐山慧远把他收留在东林寺。

这一时代的文人中，除王羲之外，还有对后世影响深远的陶渊明。陶渊明出生四年前，王羲之去世，出生二十年后前秦苻坚被杀。法显离开长安前往天竺的那一年，陶渊明获得了东晋镇军参军这一无足轻重的官位，这期间，他经常饮酒赋诗。

以“饮酒”为题的二十首诗中，《饮酒·其五》最为有名：

> 结庐在人境，而无车马喧。
> 问君何能尔？心远地自偏。
> 采菊东篱下，悠然见南山。
> 山气日夕佳，飞鸟相与还。
> 此中有真意，欲辨已忘言。

---

① 佛驮跋陀罗（359—429），又称佛度跋陀罗、觉贤。古印度迦毗罗卫国（今尼泊尔境内）人，为南北朝时期著名的译师。

第三节　江南时代

盛唐爆发的“安史之乱”（755—763）让繁荣强大的唐帝国走向衰亡。

据说安禄山本姓康，他也可能是撒马尔罕人。当时，中国称撒马尔罕为康国，在中国的撒马尔罕人给自己取一个本土化的名字时，常常选用康姓。后来，安禄山的母亲改嫁安家，他也改为安姓。安姓人有可能来自安息国（波斯地区）。安禄山大概是几个少数民族的混血。继安禄山叛乱之后，另一个叛乱领袖史思明则是匈奴人。

这两次叛乱规模宏大，颇具世界大帝国的气势，李白杜甫也被卷入其中。这两场大规模叛乱前所未有，战争的余波也没有马上平息。与安禄山交战过的颜真卿，被叛将淮西节度使李希烈杀害，实在是可哀可叹。

颜真卿的书法作品广受青睐。人们欣赏他的书法作品的同时，也缅怀他那勇敢抵抗安禄山、不屈服于乱臣李希烈的壮烈事迹。“安史之乱”过后，大唐命脉又延续了一百四十多年。毫无疑问，此时的唐朝已不复当年的胜景，但毕竟根基尚存。有人指出，尽管“安史之乱”沉重打击了唐王朝，但是受影响的主要是长江以北地区，长江以南地区未受太大影响。

唐末“黄巢之乱”中，战火蔓延到江南以南地区，大唐帝国再也无法维系下去了。其实，唐代江南地区已经拥有足以支撑全国经济的实力。

广州是世界级的贸易港口。鉴真和尚本打算从扬州出发前往日本，却在海上遭遇台风，漂流到海南岛，随后来到广州。鉴真在海南岛万安州受到当地豪族冯若芳款待，冯若芳曾经袭击经过万安州附近的波斯船，抢劫船上货物，劫持船员并迫使他们沦为奴隶。从波斯湾的霍尔木兹海峡到广州的航路不乏上述海贼出没的危险，但贸易往来繁荣兴旺，盛极一时。“来自婆罗门[①]、波斯和昆仑[②]等国的船只云集广州港，船上的香药珍宝堆积如山。”记述鉴真事迹的《唐大和上东征传》如此记录道。书中描绘的恰好是“安史之乱”

---

① 指现在的印度一带。

② “昆仑”是唐朝人对印度半岛与南洋群岛的泛称。

之前的景象，似乎安史之乱并没有给广州的繁荣造成太大影响。北方战乱不断，但南方依旧商业兴盛。

879年9月，黄巢仅用一天便攻陷广州，随即杀死唐朝节度使。广州外国人聚居地叫作“蕃坊”，里面居住着来自阿拉伯、波斯、印度及东南亚各国的十余万外国人。黄巢连抢带杀，战火蔓延到南方，中华大地遍地焦土。

当时，中国的财富集中在南方，官员调动竞争最为激烈的岗位是广州节度使。人们普遍认为中国南方的繁荣始于东晋时期朝廷南迁，不过，广州地区在此之前便以商业之利润泽了这一方水土。

5世纪初，法显经海路从斯里兰卡回国，搭乘的就是前往广州的商船。归国途中，船遭遇暴风雨，漂流到山东半岛附近。当时就有载重二百人的大船往返于南海与广州之间。即便安史之乱令中国元气大伤，这样的大商船带来的丰厚利润依然能够为大唐保驾护航，支撑其屹立不倒。此后，南方地区也在黄巢之乱中经历浩劫，最终导致唐帝国灭亡。

唐代以前，中国政治中心长期偏于北方。唐朝首都在长安，即便首都被敌军占领，国家苦难重重，却仍得以维系下去，这多仰仗于南方的帮助。

在南北分裂时期，南方地区以运送“岁币”的形式向北方提供经济援助，南北经济平衡得以维持。

历史上，汉高祖刘邦曾被匈奴围困于白头山，约定每年向匈奴赠送绵、绢、酒、米等物资。约定的内容包括献上一位汉族女子作为匈奴首领的妻子，汉族对匈奴以“昆弟”（亲近的弟弟）相称。从这些内容来看，这显然是所谓的“不平等条约”。后来，汉武帝征讨匈奴时中止了这种屈辱关系。上述汉族和匈奴的关系完全是一种南北问题。

北宋和辽（契丹）缔结的“澶渊之盟”规定，北宋每年送给契丹二十万匹绢、十万两白银，而且后来的数量还有所增加。另外，北宋又与党项人建立的西夏签订条约，每年向西夏赠送绢十三万匹、白银五万两、茶叶两万斤。这些礼物是西夏向宋称臣的回报。当时北宋可以承受这些负担，这足以说明其经济实力的雄厚。

这些物资交流类似于当代的发达国家向发展中国家提供援助。

北宋对辽的态度就如同汉朝对匈奴的态度。北宋一直对结下澶渊之盟的屈辱耿耿于怀，希望有朝一日能够一雪前耻。女真族在东北崛起之后，北宋马上和女真结盟，左右夹击对抗契丹。不过，北宋最终与金（女真）反目，宋朝首都汴京（开封）惨遭蹂躏，宋钦宗、宋徽宗以及其他皇族重臣被挟持到北方。只有一位皇族幸免于难，逃往南方，并在临安（杭州）定都，建立了南宋王朝。

金没有实力远赴南方追剿宋朝的残存势力，南宋也没有实力收复北方失地。以南宋年号命名的《绍兴和议》[①]以及修订后的《乾道和议》[②]（用金朝年号命名则为《大定和议》）几乎奠定了南北分裂的局面。由此可知，即便是在宋代，如果没有南方的物质支持，北方政权也难以持续下去。

《绍兴和议》规定，南宋向金进献岁贡二十五万两白银、二十五万匹绢。金朝海陵王（曾称帝，死后因不够格而被剥夺帝号）与南宋开战之后，岁贡便随之停止。海陵王被部下杀害之后，金朝停止对南宋用兵，并陆续撤退。金撤兵至原来的国境线淮河一带，但并非一切皆可恢复如初，南宋的岁贡就此作废。新和约规定，南宋向金赠送二十万两白银、二十万匹绢，“岁贡”改名为“岁币”。新和约与之前的《绍兴和议》相比，稍有利于南宋。

最突出的一点是，《绍兴和议》规定南宋“臣从”于金，而《乾道和议》则将两国关系阐述为“叔侄关系”。同时将“岁贡”这一具有屈辱意味的用词改为“岁币”，算是

---

① 南宋与金在1141年订立的和约。

② 即《隆兴和议》，又称“乾道之盟”。

对南宋有利。

金为什么签订了对自己如此不利的条约呢?

诚然，海陵王毁约出兵，金国理亏。但是，对金朝而言，如果失去来自南宋的白银和绢，金国则难以度日。因此，即便新条约对自己不利，也必须快速签订，以解燃眉之急。

在国境线附近，金与南宋设置了“榷场”，即公营的交易场所。“榷”字本意是一架独木桥，指除此之外无路可走，而且一次只能通过一人，后来引申为专买专卖、垄断利润之意。其实，榷盐和榷茶这样的词语古已有之。

榷场是获得交易凭证、征收专卖税的地方。南宋向金输出茶叶、药材、食料、日常用品等商品，而金向南宋输出毛皮、珍珠、人参等商品。从两国交易的商品种类可以看出，金国入超额度巨大，十分不利。

金好不容易从南宋输入二十万两白银，转眼间就在国境的交易中流回南宋，原因是金从南宋购买的商品数量巨大，因此金处于难以扭转的入超地位。

尤其是金国不产茶，其消费的茶全部在淮河榷场的交易中购买，完全依靠南宋提供。从南宋输入的二十万匹绢折算成金钱，再加上受赠的二十万两白银，也无法抵消金和南宋的贸易差额。金国的民间商贩持有的白银也在交易中大量流向南宋。

金政府别无他法，只能控制茶叶的输入量。为此，金甚至必须限制国内茶叶的消费量，并颁布法律，规定七品以下官员不许饮茶，也就是说，不是位高权重的人就不能喝茶。无疑，这也是为了稍稍改善在淮河榷场交易中的白银流失状况。

即使金向南宋索要岁币，北方白银外流的情况也依然如故，南北之间的差距清晰可见，物质层面自不必说，文化层面也呈现出南高北低的局面。

北方的金王朝是女真族统治的政权，大部分居民却是汉人。汉族王朝北宋曾经一度人才辈出，以继承中国文化正统为骄傲。但是，北宋灭亡后，遗民南迁，文化正统也随之迁往南方。

对北方文人而言，南方是心之向往的圣地。一生中一定要去一次江南，感受那里的风土人情，这是当时文人的普遍心声。

南宋的基本方针一直都是希望有朝一日打败金国，收复中原。首都临安在马可·波罗的《东方见闻录》中称为“行在”，和“行宫”同义，意为天子巡幸地临时搭建的皇家寓所。在南宋眼中，汴京（开封）始终是宋朝首都，现在虽被金军占领，但未来终将失而复得。因此，西湖之畔的杭州不是真正的首都，它不过是旅途中暂时歇脚的临时都城。

临安城的其他皇家建筑也都是临时性的。皇陵全部从简，打算收复中原后再大规模修建，然后从临时下葬的地方改葬过去。因此，位于临安附近的南宋皇帝陵寝规模都很小，而且不符合陵墓规制。本应该南向的陵墓，却设计为北向，寄托着南宋收复北方失地的心愿。

南宋以继承中国文化的正统自居，但是大部分金朝子民也是汉人，其中有人认为自己才是中国文化的真正继承者。元灭亡金之后，金朝的文人遗臣中产生了为金朝灭亡感到惋惜的动向。比如，曾经在金朝为官的诗人元好问将金朝诗人留下的诗篇以及诗人的传记收集起来，整理成书，取名《中州集》。

从《中州集》这一书名也可以看出，北方文人心中不无自豪地认为金朝才是中州（中国）的传统保持者。《中州集》结尾处元好问题诗一首，其中有“北人不拾江西唾”一句。“江西”指的是南宋诗坛举足轻重的诗人群体江西诗派。这群诗人推崇黄庭坚，因黄庭坚出身江西而得名“江西诗派”。“不拾唾”即不去效仿江西诗派，或者说不去理会南方的江西诗派。由此可见，北方文人自信北人自有北人之诗，北人之诗理应自成一派。

然而，除元好问之外，金朝诗人大都认为自己比不上南宋诗人。首先是人数难以与之匹敌。金朝文人稀缺，就强迫南宋来的使节留在本朝做官。《中州集》中的二百五十一名诗人中，就有这样被迫留在金朝的“南人”。

为奖励要退休的老官吏，金朝让他们随使出访南宋，因为北方汉人非常向往魂牵梦萦的江南风光。这也体现了元好问等北方文人不甘向南宋文坛示弱的心理。

无论元好问如何不甘落后，传承发展中国文化的大任都已经转移到了南方。

日本人耳熟能详的《唐诗选》收录了一百二十八位诗人的作品，以初唐、盛唐时期的作品居多。从诗人出生地来看，绝大多数属于“北人”。

但是，宋代江南地区的文人突然多了起来。四川属于南方，苏轼也算是江南文人。北宋的大文学家全部是南方人，欧阳修出身江西，梅尧臣出身安徽，王安石、曾巩和黄庭坚都出身江西，南方可谓群星璀璨。至于北方，能称得上知名文人的，也就是山西出身的《资治通鉴》的作者司马光吧。

实际上，从4世纪东晋时代开始，中国文化就呈现出南高北低的倾向。北方地区苦于塞外民族屡屡侵扰，缺少相对安定的“文化环境”。经北方政权隋朝之手，中国实现了南北统一。继隋之后，唐朝实现了政权的长期安定，首都长安发展成中国文化的中心。经由安史之乱，唐朝并没有灭亡，这足以说明支撑唐朝的经济中心不在北方。文化无形，虽然眼睛看不见，但毫无疑问，当时文化重心正逐渐向南转移。南方地区的文化并非到宋朝之后突然蓬勃发展起来的。因此，用具有“文化潜力”来形容南方文化的发展再合适不过。

唐灭亡后约半个世纪内，北方地区五个朝代交替更迭，各地的十个小政权并立，这就是五代十国时期。十个小国中，定都金陵（南京）的南唐和以杭州为中心的吴越虽然是小国，但以文化高度发达而自居。

南唐国主（起初称“皇帝”，在后周的压力下改称国主）中，第三位国主李煜（称为“后主”）是首屈一指的文人，他擅长的文学艺术形式是词而不是诗。“词”是伴着乐曲演唱的歌词，词的曲调多已失传，无法再现。和不以演出为目的、通过阅读进行欣赏的“阅读性剧本”[①]一样，如今

① 即不以上演为目的、仅供阅读的剧本，更侧重于文学性和思想内容。

词已经演变成了脱离曲调，仅仅用于朗读的文学形式。词不用题目，类似题目的实际上是称为“词牌”的曲名。

李白和白居易也有词作品存世，但五代到宋代这一历史时期词的创作最为盛行，其中南唐后主李煜是最优秀的词人。

人们常说“唐诗宋词”，宋代（包括五代十国时期）是词文学的黄金时期。词和诗相比，形式更加自由，更加适合表达细腻的情感，宋代的社会风气便是如此。从另一个角度来看，江南的风土人情更适合词这种文学形式。

春花秋月何时了？
往事知多少。
小楼昨夜又东风，
故国不堪回首月明中。

词讲究配合曲调，即兴创作，因此词都没有留下具体创作时间。上文是李煜和着曲牌“虞美人”所作词的上半阕。宋太祖开宝八年（975），李煜时年三十九岁，南唐国都金陵被宋攻破，他和同族子弟四十五人一起被挟持到汴京。李煜被宋朝封为陇西公，但实际上并没有实权。李煜到达汴京的那年十月，宋太祖驾崩。李煜去世于太平兴国三年（978），享年四十二岁。尽管这首词的创作时间没有明确记录，但从“故国”“回首”等词语可知，这首词创作于李煜战败到去世前的一段时间。民间传称李煜遭毒杀而死，根据就在这首词当中，但这恐怕只是谣传。这首词被诠释为李煜对宋朝怀恨在心，难以释怀。不过，历经国破家亡，心中却没有丝毫恨意，那才不合人之常情吧。

北宋战败后也有类似遭遇，以皇帝为首的宋廷上下全部被挟持到北方。这时，北宋皇帝宋徽宗填了一首《燕山亭》：

天遥地远，
万水千山，
知他故宫何处。

清代历史学家赵翼（1727—1814）评论道：“诸降王及诸降臣，无一不保全者。”

他赞扬宋朝有胸怀，能容下南唐后主、吴越王和南汉帝，保全其性命。

李煜死后被追赠太师之名，追封吴王，以帝王之礼下葬。与其形成鲜明对比的是，金国将北宋亡国后之帝挟持到遥远的北方，可谓残酷不仁。

不过，金灭亡之时，幸存的北宋皇族全部被蒙古军斩尽杀绝。

金灭亡四十五年之后，南宋也被蒙古军消灭。年仅六岁的南宋皇帝投降，勉强保全性命。从忽必烈统治之后，元朝的统治政策宽松了许多。

最令人欣慰的是，南宋首都临安（杭州）丝毫没有遭受战争的蹂躏。这应归功于蒙古的将领，尤其是总司令兀良哈·阿术功不可没。兀良哈·阿术下令，在南宋投降之前，军队要在城外按兵不动，禁止攻城。

南宋的残存势力拥立年仅九岁的皇帝及其弟弟，在南海一带继续抵抗了一段时间，最终全部战败。至此南宋朝廷烟消云散。

文天祥拼死抵抗到最后，最终难逃被俘的命运。忽必烈想方设法把他招入麾下，文天祥却宁死不屈。他被元军押解到北京，劝降长达四年之久。文天祥本可以自杀而死，但为了保持自己的“正气”，经历了漫长的牢狱之后，他最终如愿，被斩首处死。

免于战祸的临安仿佛什么都没有发生过，依然一派繁华。马可·波罗在其《东方见闻录》中记载了临安的繁华景象。

“毫无疑问这里是世界上最繁华、最富裕的都市。”他颇为得意地叙述道。

南宋投降的末代皇帝赵㬎没有被杀，长大成人后娶了元朝的一位公主，生下儿子赵完普，这个孩子皈依佛门，出家为僧。

元朝末年各地反元运动频起，元政府在至正十二年（1352）将赵完普一族迁往沙州。

这是为了避免动乱演变为以“复兴宋朝”为口号的复辟运动。若是以前的朝代，大可直接杀掉赵完普一族，而元朝却保全了赵完普的性命。正如杭州城毫发无伤一样，宋元政权实现了平稳交接，这要归因于攻打临安的军官士兵几乎都是汉人。可以说，这也是多民族国家的胜利。

第四节　画人的谱系

元世祖忽必烈登基之后，北京正式成为中国的首都，称为“大都”。忽必烈统治之前，蒙古首都哈拉和林位于遥远的北方。

北京从春秋战国时代开始就是“燕”的中心，也称为“燕京”。契丹政权辽国统治时期，北京位于辽国南部，因而称为“南京”，这一点容易混淆。而女真政权金国控制时期，北京则称为“中都”。

忽必烈继位后推翻南宋政权，开始统一中国，大都成为无可争辩的国都。

这个一统中国的元朝，于1368年弃大都北去，几乎没有像样的抵抗就将大都拱手让给明朝。明将其改名为北平府，并定都南京。象征帝王的星宿位于紫微垣中，因此明朝将皇帝居住的地方叫作紫禁城。

然而，明朝第三位皇帝永乐帝却将首都从南京迁至北京。

元朝不战而北上，大都城几乎未遭破坏，完整地保留下来，但永乐帝却弃用北部区域，扩建南部区域，重新营建都城。

永乐十九年（1421），明朝迁都北京。北京的皇宫沿用南京皇宫的称呼，也叫“紫禁城”。

狭义上的紫禁城时代指1421年到清朝灭亡（1911）之前，广义上可以从1267年忽必烈建都算起。严谨细致的人则主张将定都南京的明初的半世纪排除在“紫禁城时代”之外。

故宫的意思为“古时的宫殿”。这一称呼带有思念故乡的怀旧之情，因而有人主张，共和制度下的中国不应该留恋封建时代的遗物。当时的国民政府委员经亨颐提议，废除故宫这一名称，将其改为“废宫”。当然，这种极端的提议没有被采纳。历史新旧交替时期，极端论调并不少见。甚至还有人提出野蛮无理的提议：前朝帝王家是逆贼，应当把逆产（逆贼的财产）变卖充公。就算故宫是“逆贼”的财产，国家接管之后就是国家财产，这是无可争议的事实。

皇帝是中国最大的收藏家，收藏家的最大功绩是防止了文物流失散佚。故宫的文物原本为皇帝私藏，现在在“故宫博物院”中获得了新生，供众人观览欣赏，也为研究人员系统研究文物提供了方便。

唐太宗酷爱王羲之的书法作品，不惜花重金四处收集，又下诏死后让王羲之的书法作品陪葬。后来，唐太宗的陵寝遭到盗掘，王羲之的书法作品好多都下落不明。

三国时代曹操曾经因军饷不足而发动士兵大规模盗墓，这是一条筹集资金的捷径。魏国为此还设置了发丘（揭开土丘）中郎将和摸金（搜寻财物）校尉等官职，负责盗墓。

汉代皇族的墓穴中出土过用金缕玉衣包裹的遗骸。盗贼为了获得玉片，将遗骸从金缕玉衣中取出，丢弃在一旁。曹操和他的儿子曹丕亲眼见过这场景，所以曹操反复强调“我的墓里不许陪葬任何金银玉器之物”。“随葬财宝，陵寝就会遭到盗掘，我的陵寝中只陪葬陶器就够了”，曹氏父子特意在多份文书中强调了这一点。

历代王朝的统治者即便心知肚明，也依然用文物陪葬，或许他们都幻想自己的王朝能够持续千秋万代，自己的陵墓不会遭此劫难。

亡国的宫殿里留下的文物与随葬在陵墓中的文物命运相同。明朝宫殿被李自成纵火烧毁，他只拿走了值钱的物品。

而清朝并非亡于战乱，时代风气也焕然一新，幸运的是宫里的文物以较为完好的状态保存了下来。民国时期，故宫文物也在相关人员的努力下得以保存至今。今天人们所说的“故宫文物”，就是指清宫留下的遗物及其周边的东西。

故宫画作中的绝品当数黄公望（1269—1354）的《富春山居图》。

元朝开始兴建大都（北京）的第二年，黄公望在江苏常熟出生，当时元朝与南宋战事正酣。黄公望十岁左右时，南宋灭亡，南宋末代皇帝在广东崖山投水自尽。

两年后，元军第二次远征日本，遭遇了“神风”的袭击。这件事对少年时期的黄公望产生了怎样的影响，我们不得而知。

黄公望寿命长达八十四五岁，在当时是极其长寿之人。他笔下的江南风景平铺直叙，自然延伸，构图疏淡，不刻意强调起伏，线条平稳却不失变化，给人一种厚重感。

黄公望是“元末四大画家”之一，闻名于世。《富春山居图》是故宫绘画藏品中最优秀的画作。不过，台北故宫也有两卷名为《富春山居图》的作品。

故宫收藏的《富春山居图》曾幸运地被明代一流画家沈周（号石田）和董其昌收藏临摹。乾隆十年（1745），这幅画传入清朝内务府。乾隆看到大名鼎鼎的《富春山居图》，喜不自胜，在宽三十三厘米、长六百三十七厘米的长卷上照例题写了亲笔赞词。

然而，乾隆帝题词的《富春山居图》是摹本，真迹第二年才传入内务府。

可以说，中国古代优秀绘画作品一定都有摹本。当然，这些摹本不是为了以假充真，而是后人为了学习自己景仰的画家之笔法，尽量惟妙惟肖地去模仿。这里所说的临摹，是将真本放在手边临摹，临摹的过程中逐渐体会原作者的运笔、构思，甚至是精神状态。不仅是绘画作品，书法作品的临摹也盛极一时。

家境殷实的收藏家中，有人将珍藏的真迹画作借给画家临摹，他们以这种方式支持艺术家。

18世纪，扬州地区人才辈出，譬如“扬州八怪”，这多归功于当地富豪马曰琯兄弟。他们向艺术家们开放自家十四万卷书画藏品，让扬州地区的艺术家自由临摹。除马氏兄弟之外，还有一位叫卢见曾的盐运使，也是著名的书画收藏家。扬州成为当时的艺术中心，这些人功不可没。

《富春山居图》是扬州收藏家尽人皆知的精品，向乾隆进贡之人也一定认为得到的是真迹。可是，实际献上的却是足以以假乱真的摹本。第二年真迹现世后又被收入内务府，但乾隆帝已经在一年前收入内务府的摹本上题诗钤印。“纶言如汗”这个词的意思是皇帝一言九鼎，说过的话就如同出过的汗一般，一旦说出来便收不回去了。

皇帝无法再在《富春山居图》的真迹上题诗了，于是就命侍臣梁诗正在真迹上撰写“题语”。大致内容是，旧藏的那一幅才是真迹，这一幅是摹本，但因“画格秀润”，同真本一并收藏。现在，这两幅画都收藏在台北故宫中。

另外，还流传着一个《富春山居图》的奇闻。清初，这幅画被一个叫吴洪裕的人收藏，他非常喜爱这幅画和智永的书法《千字文》，临终之际命人把这两幅作品烧掉。据说智永的书法作品未能幸免于难，黄公望的画作却被吴洪裕的侄子吴静安从火中救了出来，卷首一小部分焦损，但大部分幸存下来，被收入内务府时经过了精心修复，没有留下丝毫过火的痕迹。

近年，随着科技的发展，肉眼观察不到的痕迹也能被检测出来。后收入内务府、被当作摹本的真迹果然被鉴定出卷首有轻微焦损的痕迹。

黄公望作品的摹本具体有多少，我们不得而知。不过可以确定的是，再次临摹摹本的二次摹本数量一定远远多于直接临摹原本的摹本。后人反复临摹黄公望的作品，是希望能够透彻分析并承袭他的笔法。

后世模仿追随者太多，以至于黄公望流派的画风逐渐被视为俗套。但实际上，黄公望在世期间，其作品风格是有开拓性的。

黄公望死后，明太祖朱元璋举兵，张士诚、陈友谅、方国珍、明玉珍和韩林儿等元末群雄并起，一场巨变正在酝酿。黄公望身处纷扰喧嚣的时代，在他的画中我们却丝毫捕捉不到喧嚣浮躁的时代之气。

比黄公望年轻十岁的画家吴镇（1280—1354）与他同年去世。吴镇的画寂静平淡，也没有沾染分毫喧嚣的时代风气。他的名作《渔父图》收藏于台北故宫，是一幅夜景图，描绘的是色彩寡淡的山水，显得更加恬静。

另外一位名列“元末四大家”的倪瓒（1301—1374）的画作与这两个人有共通之处。倪瓒的画作寂寥干枯，没有水汽氤氲之感。其作品构图多在近景和远景之间大量留白，无非是想通过这一手法刻画自己的内心世界。

另外，倪瓒几乎没有人物画作品。据专家调查，他的作品中只有一幅出现了人物。

这一特点不禁让人想到南宋画家郑思肖。他经常画兰花，但从不画土。有人询问原因，他便反问道：“土为蕃人所夺，汝尚不知耶？”

郑思肖本名和生卒年均不详，名“思肖”的“肖”取宋朝国姓“赵”的繁体字“趙”，寓意永远心系宋朝。他的居室匾额题字“本穴世界”。“本”字可以拆分为“大”和“十”字，“十”字加在第二个字“穴”当中，就是“大宋”二字——他把自己的居室称为“大宋世界”。

元末四大家之一的王蒙（1308—1385）与其他三人稍有不同，从台北故宫的《具区林屋图》中可略知一二。具区是太湖的别称，林屋则是坐落在西山脚下临水而建的洞窟建筑群。王蒙的画作用笔精细，与倪瓒“惜墨如金”的简练画风形成了鲜明对比。《具区林屋图》中连湖水的波纹都一清二楚，细致到令人透不过气来。画中湖上的岛和岛上的洞窟描绘得过于精细，反而透出一种不安定之感。或许画家是想要在这种不安之中寻求某种恒常不变的慰藉吧。

明朝文人虽然摆脱了蒙古族人的控制，但并没有迎来自己的春天。明太祖不信任读书人，动不动就伺机肃清他们，尤其对苏州文人心怀敌意。宰相胡惟庸爱好文物收藏，王蒙经常出入宰相府，欣赏他的书画藏品。频繁出入胡府的王蒙最终受牵连入狱，年近八旬锒铛入狱，惨死狱中。因胡惟庸案件受牵连的达一万五千人之多，大部分人都清白无辜，王蒙自然也是含冤去世。

苏州多富商，明太祖不喜欢商人。明朝允许农民身穿丝绸，却不允许商人这么穿。非但如此，苏州还是当年顽固抵抗明太祖的军阀张士诚的根据地。明初大诗人高启被杀，或许也因为他是有代表性的苏州文人吧。明初大画家徐贲本是湖南人，因长期住在苏州而被视为苏州人。《明史·徐贲传》中没有说明他的罪名，仅总结为“下狱瘦死”（被关入监狱后饿死）。

直到亲操画笔的宣德皇帝（1426—1435年在位）即位之后，明朝文人才过上安稳的生活。显然，宣德皇帝想将大明帝国改造成一个文化高度发达的国家。

北京的宫廷画院也因此发展起来。不过，明代的绘画艺术不是依靠画院，而是仰仗民间力量迎来了自己的黄金时代。

讽刺的是，以绘画艺术等著称的明代文化却在明太祖百般厌弃和镇压的苏州地区生根发芽，开花结果。

中国画坛一分为二，有吴（苏州）派和浙（浙江）派之说，吴派以压倒性优势雄踞中国画坛。

沈周应该算得上明代苏州画坛的先驱，他曾说：“意足不求颜色似。”[1]由此可以看出他拒绝写生、复制自然风景。

“起来寻纸画桃源。”这是沈周的一句诗，意思是他要描绘桃源乡的场景。桃源乡和乌托邦一样，虚无缥缈，并不存在。沈周以此表达自己无意钻研工笔线条。

清代乾隆帝是举世罕见的大收藏家，他将收藏的书画作品借给有心精进绘画技艺的廷臣临摹。有记录表明，乾隆曾将沈周的《春草秋花图卷》借给宠臣张若霭，让其学习绘画。张若霭当然要将这幅画还回宫中，不过该画于清末又从宫中流到民间，至今下落不明，幸而保存下来一张彩色照片，但其去向依旧不得而知。听说这幅画如今在美国美术商手中，只希望这幅传世佳作能免受《富春山居图》那般烈火焚烧的劫难。

在当时的苏州，很多人认为唐寅和祝允明这些人虽然是天才，却互不往来。这几位天才勉强聚到一起，形成文人团体“江南四大才子”，都要归功于行事严谨、滴酒不沾的文徵明。

画风有派系之分，文徵明学习的是元末倪瓒的画风，

① 这是宋代诗人陈与义《和张规臣水墨梅五绝·其四》中的诗句，沈周应当是借用。

他想承袭倪瓒绘画的精髓，这是他的老师沈周未能完全掌握的。“徵明”是他的字，他本名“文璧”。文徵明自称南宋忠臣文天祥的后裔，文天祥的弟弟也叫文璧，他因将自己的一个儿子过继给受刑而死的哥哥作为“嗣子”延续香火而为人所知。文徵明身世显赫，而同时代的唐寅则出身相对平凡。

唐寅不仅出身平平，而且还在科举考试中受挫。他在乡试中拔得头筹，却在会试中舞弊，锒铛入狱，最终遭到流放。据说科举失意后他才开始认真钻研绘画。他别号“六如居士”，取自《金刚经》“一切有为法，如梦幻泡影。如露亦如电，应作如是观”。

自此之后，唐寅自称“江南第一风流才子”，过上了放浪形骸的生活。倘若唐寅没有经历科举失意，或许后来也不会成为大画家。

鲁迅说，中国没有幽默的传统，如果非要找出一两个代表人物，当数唐寅、徐渭和金圣叹（文艺评论家）这些人了。

徐渭（1521—1593）是年少成名的天才，但他命运多舛。他曾出任浙江总督胡宗宪的幕僚，胡宗宪失势后，徐渭忧惧发狂，企图自杀，后因嫉妒杀妻，被关进监狱。他被囚七年，出狱后穷困潦倒，放浪形骸。徐渭五十三岁出狱，七十三岁去世。他精通诗文、书画、戏剧和小说，多才多艺，堪称全才。有人认为，倘若徐渭一帆风顺，或许能更好地发挥自己的才能。不过，如果没有那种艰辛的环境，徐渭或许就没有艺术创作的灵感和动力了。

徐渭去世半个世纪后，明朝灭亡。在这一社会变革时期，出现了两位优秀画家——八大山人和石涛。

“八大山人”的所有署名都可以读成“哭之”二字，这显然是故意为之。八大山人出生于明天启六年（1626），他十九岁时崇祯帝（1627—1644年在位）自杀，明朝名存实亡。

经历亡国之痛后，他继而丧父丧妻丧子，于二十三岁出家。清朝统治者在汉人中强制推行留辫发的满族风俗，以此作为汉民族臣服的证明，不留辫发的人就要被斩首。当时，出家颇为盛行，出家就要剃发，可以将其视为对清朝统治的一种抵抗。但是八大山人究竟是不是为了抗清而出家，目前还没有确切的结论。

由于八大山人的父亲和妻儿接连去世，他出家的动机没有遭到怀疑。他本名朱耷，出身于明王朝的江西宗室。宗室是指广义上的皇族，八大山人出身于明太祖朱元璋的第十七子宁王家系，这种级别的宗室子弟仅江西或许就有几千人。

“忽而大笑，忽而痛哭。”朱耷的这种异于常人的举动广为人知。他的画作不乏冷峻的构图，比如蹲伏在高石上的猫，停留在纤细断枝上的双鸟等。流传到日本的《花卉杂画册》中的形象也是两只鸟怒目圆睁，相互怒视。

石涛比八大山人年轻十四五岁，他本名朱若极，也是明朝的宗室子弟，但他没有八大山人那样强烈的宗室意识。他的祖先是明太祖的从孙，世代分封在桂林。他的父亲得知崇祯帝在北京自杀的消息后，在桂林以监国（临时皇帝）自称。不过，此时郑成功已经拥立朱聿键在福州即位，石涛的父亲以僭越之名被押往福州，随后被杀。所以，石涛自然没有朱耷那样强烈的反清情绪。不仅如此，他还两次前往北京叩见清朝的康熙帝。

八大山人和石涛这两位宗室出身的画家都非常重视发挥个性。石涛坚持认为“一代一夫执掌”，主张一个时代只应推崇某一种特定风格和某一个特定的人，而对其他流派鄙夷不屑。

尽管吴昌硕、齐白石和黄宾虹这样的近现代画界巨擘主张后世画家应开辟前人画家未走过的道路，但他们也曾不惜笔墨，盛赞“山水石涛，花卉青藤（徐渭）、雪个（八大山人）”。这句话语出齐白石，看来“一代一夫”的画派传承也是自然存在的。

第二部

西域・丝绸之路

第一节　敦煌前事

众所周知，东汉明帝命人画下二十八位功臣的肖像，悬挂在云台（又叫云阁）上，以示纪念，目的是让国家有功之臣的事迹传于后世。宫殿的建筑材料多为上佳材质，应是帝王希望它能屹立千年。不过，云台的功臣肖像却一幅也未能流传下来。三国时期魏文帝说："盖文章，经国之大业，不朽之盛事。"他或许意识到画像有可能被烧毁而失传，但文章却会被人传抄，代代相传。

西汉时已出现宫廷画师，是在蔡伦改进造纸术很久以前的事情，所以他们必定是在建筑的墙壁上和其他空间中作画的。

据说画师毛某为宫女描像时，由于王昭君没有行贿，便将她画成了丑女。那么，毛某是在绢上作画的吗？宫女人数众多，都用绢来画像，过于奢侈浪费，所以在木板上作画的可能性很大。

马王堆帛画至今保存完好，它是中国美术史的黎明。

马王堆汉墓陪葬品清单记录在竹简上，关于这幅帛画的记录是“非衣[①]一，长丈二尺”。按照汉尺的标准，一丈二尺长是282厘米，但这幅帛画只有205厘米。不过，据说加上悬饰和下方丝带等装饰，非衣帛画长达285厘米。

墓主人的丈夫利苍于公元前185年去世，她的墓建于丈夫墓道的前部，这一点足以证实他的夫人更长寿。

“非衣”这个词用法很特殊，“非”似乎通“飞”。好像人死后披上“非衣”就可以翩翩起飞，飞到某个想要去的地方。

帛画华盖上方画有凤凰，似乎准备引导死者前往天界。下方画的不知是什么怪物，也许是风神“飞廉”，它背生双翼、身体长毛，是人升天时出现的神兽。

这幅帛画的绘画风格与敦煌莫高窟第285窟的山林仙人图和第249窟的天井壁画非常相似。山林仙人图是西魏时期的作品，第249窟则开凿于西魏时期。公元5世纪到6世纪的佛教壁画与公元前2世纪非佛教仙人画竟如此相似，着实令人

---

① 指丧葬出殡时领举的一种旌幡，画面主题内容是“引魂升天”或是“招魂安息”，入葬后作为随葬品盖在棺上。

惊讶。

中国文化有以《诗经》为代表的现实主义和以《离骚》为代表的浪漫主义之分。

按照地域来划分，北方是现实主义，南方是浪漫主义，长期以来二者逐渐交织融合。这种文化的双重构造不仅表现在美术上，文学创作也从中获得了颇多灵感。

说起文化的双重构造，不得不提一提近来备受瞩目的玉文化。长江流域的文化多以玉为主体，甚至有人推测，掌握了玉文化的先人因洪水等原因而北迁。

说起玉，人们自然会想到金缕玉衣。

有一种说法叫“含蝉”，是死者把蝉形物品含在口中，也称“饭含”。人们相信玉可以通灵，死者佩戴玉器可以与神灵建立良好的关系。据说将玉含在口中可使尸骨不朽，因而有人想到将玉制成衣服包裹尸身，或可保持尸身不腐，这便是“玉衣”的由来。

在与秦始皇有不解之缘的吕不韦主持编纂的《吕氏春秋》中，就有“含珠鳞施”这样的字眼，意思是死者口含珠玉，身覆玉片，如鱼鳞状。含珠鳞施一词用于形容钟鸣鼎食之家的厚葬。

据说汉代以后，人们制作出用金属丝线串联玉片的玉衣，将遗体放入其中。

“二战”结束之后，中国发掘出土了十几具玉衣，最有名的当属中山靖王刘胜的玉衣。据文献记载，皇帝着金缕玉衣，诸侯王着银缕玉衣。

只有皇帝可用金线串联玉片，其他人使用银线，按理说中山王本应使用银缕玉衣，但出土的却是规制和皇帝同级别的金缕玉衣。中山靖王死于公元前113年，当时的皇帝是其同父异母的弟弟汉武帝。中山靖王夫妇合葬，二人身穿的都是金缕玉衣。

皇帝的兄弟享受与皇帝同等的待遇，未尝不可。这位中山靖王热衷于生儿育女，据说他育有子女一百二十人，三国时期的刘备就自称中山靖王的后代。

宠臣死后有时可以获赐玉衣，霍光便是如此。即便不赐予一物难求的玉衣，也会赐予东园秘器，东园是宫中承造丧葬用品的地方。

西汉第十三位皇帝汉哀帝于公元前7年即位，公元前1年英年早逝，年仅二十六岁。他爱上一个叫董贤的美男子，以好男色而闻名。一日，两人一起午睡，皇帝先醒过来，要起身时发现董贤枕着他的衣袖安然熟睡，不忍打扰他，遂将衣袖剪断后才起身。自此以后，中国便称喜好男色之人为“断袖”。

哀帝生前曾派人在自己将来的陵地旁为董贤建造墓地，并赐以“东园祕器，珠襦玉柙”。玉衣分为上下两部分，上衣称为襦，下身称为柙。

哀帝死后，太后（哀帝的妻子）责备董贤侍奉不周，董贤夫妻双双被迫自杀。

因为董贤的丧仪用品早已备好，董贤之父便将夫妇二人仓促下葬，但因墓地规制有所僭越，再遭弹劾。董贤被匆忙下葬，也引起了别人的怀疑，有人说他实际上还活着。于是坟墓被掘开，他生前获赐的玉衣也被扒了下来。

哀帝为其情人倾其所有，如记载所言：“国家为空虚。”

董家的全部家当变卖充公，共得四十三亿钱。被下葬的玉衣是否包含其中，则没有记载。制作玉衣需适合人的体形，别人无法使用，若是变卖，也只能拆开卖玉片。中山靖王的玉衣共有2498枚玉片。

玉衣也可赠送给周边少数民族的王室。夫余国是周边少数民族政权之一，领土范围相当于现在的长春和哈尔滨。根据《三国志·东夷传》记载，夫余国“夫余王葬用玉匣，常豫以付玄菟郡，王死则迎取以葬”。制作玉衣耗时费力，无法立即做好，需要提前动工，之后放在离该国较近的郡里。夫余王死后，汉朝就让他们派人来取玉衣。

东汉时期玉衣制度被废除，不仅如此，厚葬礼法在这一时期也大致结束。

厚葬制度在三国时期彻底宣告终结，一个重要的原因是出现了以曹操为首的一批现实主义者。他的军队组织中不乏发丘中郎将和摸金校尉之类的官职。

军费不足时，他们就公然掘墓，皇陵和富豪的坟墓均难逃一劫。因为棺椁中值钱的陪葬品为数众多，棺椁会被撬开，遗骸被拉扯出来，裸露在外。曹操见惯了这种情景，觉得这种厚葬实在太过愚蠢。

用金银财宝陪葬，被盗后曝尸在外，惨相不堪入目，于是有人开始使用陶制品陪葬。魏文帝曹丕（曹操之子）的遗言中记载："夫葬也者，藏也，欲人之不得见也。骨无痛痒之知，冢非栖神之宅……"

这是曹丕的遗训。他还下令禁止玉衣陪葬，认为这是愚俗。说其是愚俗，确实不假，自此以后再也没有出现过金缕玉衣陪葬。

从那时起，墓室多用壁画来装饰，主题多是墓主人生前率领手下出游的情景，敦煌壁画也继承了这一传统。敦煌第

156窟张议潮出行图是9世纪后半叶的作品，它不是佛教画，但继承了这种潮流。

敦煌的石窟寺是前秦苻坚于建元二年，即公元366年建造的。不过，早期的雕刻绘画作品早已不复存在。

敦煌以前的魏晋壁画也与敦煌壁画关系密切。端详魏晋壁画时，我们感到人们对美的憧憬好似一个圆环，完美地连在一起。

魏晋墓的壁画、画像石和彩画砖的主题多是墓主人生前的日常生活，或许是墓主人希望往生之后仍可延续富贵。

我曾在其他文章中提过，我从敦煌回来之后参观了迁至甘肃省博物馆内的魏晋墓。1985年我再次访问时，馆内增加了十六国墓葬的模型。

十六国时代的酒泉丁家闸墓，壁画内容颇丰，其复制品陈列在博物馆里。

十六国时代颇为玄妙，佛道并行，但这些壁画全无佛教风格。

日本曾展出过其中一幅砖壁画的复制品——两头牛并排牵犁，后方有一男人挥鞭驾驭。这幅砖壁画线条粗犷，与敦煌壁画之精美相比，不可同日而语，但也有一种自由奔放之美。

敦煌原本是寺庙，观赏者众多，所以壁画画得细致精美。但墓中壁画在墓道关闭后就不会再为人所见，皇家陵墓另当别论，普通地方豪族的墓画都比较粗犷。不过，随意勾勒一笔，也不乏趣味。

已出土的十六国时代的墓画，图案多为三足乌鸦或九尾狐，它们服侍西王母。九尾狐并非长着九条尾巴，而是只有一条长尾巴，有九个分叉。

十六国时代的墓画中还有裸身耕地的人物图案，据说这是黄帝的女儿“魃”，是旱神。画中还有一棵大树，树上有像猫的动物和像鸽子的鸟，它们位列吞食不祥之物的十二神。画中还有一些欣赏着杂技、饮酒作乐的人，或许是生前的墓主人。

从神话到现实生活，十六国时代的墓画取材广泛。虽然是墓穴，但并无阴森昏暗的感觉。

十六国时代从公元304年前赵建国起到公元439年北凉灭亡止，共一百三十五年。正是在这一时期，公元336年，敦煌石窟开始开凿。

当时已经出现了佛图澄、道安等一批优秀僧人，但敦煌壁画仍带有浓厚的《山海经》色彩，如西王母画等。不过，我们并不觉得这两者性质有多大差异，当时的善男信女也是这么想的吧。

提起敦煌，第十七窟即藏经洞十分有名。至于为什么要建一道墙，画上壁画，将藏经洞封起来，我猜测过是害怕西夏来犯这一原因。不过，后来我觉得相较于虔诚信仰佛教的西夏而言，在其西边的喀喇汗岂不更加可怕？这种说法更有说服力，在此我将它补充上。

喀喇汗是中亚突厥一脉的王朝，这个王朝不精于历史记录，记载寥寥，很多事情不为人知。999年，喀喇汗王朝灭掉萨曼王朝[①]后东迁，将和田纳入自己的势力范围。

这与历史记载的年代相符。而且，喀喇汗王朝（也叫伊利可汗王朝）是虔诚的穆斯林，在它的治理范围内需强制改信伊斯兰教，佛教寺庙和佛像因此遭到大肆破坏。有反对意见认为和田距离敦煌太远，但对于喀喇汗这样的骑马民族来说，或许距离并不遥远。喀喇汗要破坏佛寺的传言想必会让敦煌很震惊。由于商路通畅，喀喇汗东进的消息传到敦煌这个商队的据点不会花费太多时间。不过，这些仅仅是较有说服力的推理而已，并没有史料加以印证。

虽然喀喇汗竭力向和田扩张，却没有再东进。由于缺乏

---

① 又称萨曼帝国（874—999），阿巴斯王朝时期波斯人在中亚地区建立的波斯-伊斯兰教中央集权封建帝国。

记载，确切的情况不得而知。不过，从11世纪初占领和田开始，喀喇汗内部纷争四起，渐成分崩离析之势。

喀喇汗王朝以西格里亚为界，于1041年分裂为东西两部分，而敦煌被西夏占领是在1036年。由于喀喇汗王朝分裂，无力向和田以东扩展，敦煌才得以在佛教势力范围内存留下来。

东西分裂后，喀喇汗西部以布哈拉为都城，东部以喀什为都城。距离如今的喀什噶尔十几公里的地方留有些许都城遗址。1069年，用伊斯兰化的突厥语创作的首部作品就是在这里完成的，作者是御前侍臣玉素甫·哈斯·哈吉甫。此书也译为《福乐智慧》。

第十七窟中间有两幅人物画像，或为供养人，或为侍从，其中央部分为空白。我在《敦煌之旅》一文中曾猜测，两棵树之间留出的空白，或许原本有塑像。

敦煌石窟随处可见菩萨像或供养人像。其中，曾居住在敦煌的僧人洪辩的塑像，从尺寸和时代来看，都与石窟风格一致，恰到好处。第十六窟极大，甚至让人觉得第十七窟好像是它的耳房。第十七窟定是第十六窟的开山堂，是为了纪念创立这座寺庙的人而建造的。

公元851年，归义军[①]武力夺回吐蕃占领下的敦煌。洪辩命弟子将这一消息传至长安，于是朝廷授予他一个长长的官职：河西都僧统摄沙州僧政法律三学教主。

后来，西夏又受到喀喇汗侵扰，洪辩像被移到其他石窟内，近千年之后，才再次公之于众。我撰写《敦煌之旅》时，尚不了解洪辩，即便有所了解，也无从确认一些事实。《敦煌之旅》发表后，我对洪辩渐有了解，后来又有了令人信服的推理，因而才在这本书里加上，或许将来还会有所补充。

---

① 唐宣宗大中五年（851）至宋仁宗景祐三年（1036）的沙州地方政权武装。

第二节　西域的诗人

凉州是甘肃省的地名，也是通往西域的入口。即便诗人没有去过凉州，在创作沙漠或征战题材的诗歌时，也会使用“凉州词”这个题目。

“凉州词”是乐府词牌的名字，原本是带曲调的。许多人以“凉州词”为题作诗，人们和着它的曲调吟唱各自的诗词。

在为数众多的《凉州词》中，最有名的当属王翰创作的一首，因为过于有名，《凉州词》几乎特指他的这首诗，其他作品仿佛成了陪衬。

葡萄美酒夜光杯，
欲饮琵琶马上催。
醉卧沙场君莫笑，
古来征战几人回。

这首诗的意思是，将士出征前喝得酩酊大醉，横卧在沙漠里，醉倒之前，在马上弹着琵琶，一想到“自古以来征战之事，有多少人能生还呢”，情绪就激动起来，觉得不管倒在沙漠还是什么地方都无所谓了。

这首诗用简洁明快的语言表达了出征将士的真情，加之葡萄美酒和夜光杯（玻璃杯）等西域风物让人想到边关的战场，使人更加伤感惆怅。

查阅《新唐书》王翰的传记可知，他出生于并州（山西），在长安任职，此后先后调任汝州（洛阳南部）、仙州（河南省，原为叶州）和道州（湖南省），最终客死于此地。他与西北的凉州似乎无缘无分。或许他喜欢葡萄美酒，但凉州这个地名只不过是他想象的产物。王翰嗜酒如命，喝醉后常会有很多旁若无人的举动。

我撰写《中国奇人传》时将他选入其中。他也许是一个有趣的人，但千万不要跟他交朋友。王翰在仙州和道州担任的都是别驾①和司马②这种级别低的官职，显然是被贬了职。这并不是政策上的问题，而是由于王翰的性格问题。不管遇到什么样的人，他总是像对待下人一样，自己像王侯将相一

① 即别驾从事史。汉置，为州刺史的佐官。

② 历代司马职责各有不同，唐代司马与别驾同为州刺史的佐官。

般装腔作势，让人十分讨厌。

史书记载："人莫不恶之。"（人们没有不讨厌他的）尽管如此，他仍然在官方编撰的《唐书》和《新唐书》中留下姓名，这说明他作为诗人还是一流的。

据说王翰著有诗文集十卷，但现在流传于世的只有一卷文集和十四首诗歌。但是，他却因一首《凉州词》而名垂青史。

同样是歌枕的还有西域有名的楼兰。我所知的诗人里应该没有去过楼兰的，他们大体上也是把它作为歌枕而吟咏。

如"直斩楼兰报国恩"这样振奋人心的诗句，是唐代元和年间翰林学士张仲素所作《塞下曲》中的一句诗，而实际上唐代并没有叫楼兰的地方。

楼兰过去位于罗布泊附近，原来的名字叫"库罗来那"，汉代时是西域的重要城市，汉朝灭亡后，晋代时属于前凉，大谷探险队[①]在楼兰发掘得到著名的《李柏文书》[②]。

根据塔里木河的水量和河床变化，不难想象楼兰的衰败。这是4世纪到5世纪时的事情，所以唐代根本没有叫楼兰

---

① 日本大谷光瑞派遣的中亚探险队。

② 前凉唯一有史书可证的重要人物的文书遗迹，是前凉时西域长史李柏于328年从海头——罗布泊给焉耆王等几个国王发出信函而留的草稿。现存于日本京都龙谷大学图书馆。

的地方，只是作为歌枕留存于前文提到的张仲素等人的诗作里。说到以楼兰为歌枕的诗歌，更有名的是王昌龄的《从军行》。当然，王昌龄也没有踏上过西域这片土地。

青海长云暗雪山，
孤城遥望玉门关。
黄沙百战穿金甲，
不破楼兰终不还。

在这些行军打仗的人里，有一位十分杰出的诗人。

他就是岑参，他的曾祖父岑文本是唐太宗时期的宰相。岑参出身名门，因为父亲早逝，家道中落。岑参的代表作是《胡笳歌》[①]，这是颜真卿作为监察御史出使河西陇右（甘肃）时岑参送给他的。

君不闻胡笳声最悲，
紫髯绿眼胡人吹。
吹之一曲犹未了，

---

① 即《胡笳歌送颜真卿使赴河陇》。

愁杀楼兰征戍儿。
凉秋八月萧关道，
北风吹断天山草。
昆仑山南月欲斜，
胡人向月吹胡笳。
胡笳怨兮将送君，
秦山遥望陇山云。
边城夜夜多愁梦，
向月胡笳谁喜闻。

颜真卿出使是在天宝七载（748），即岑参去西域的前一年，写这首诗的时候，岑参还没有去过西域。

高仙芝将军赴任安西四镇节度使是在天宝八载和天宝十载，岑参在天宝八载时被任命为节度使幕掌书记，前往西域。

据传在天宝十载有名的塔拉斯河战役中，唐朝战败，懂得造纸术的士兵被俘，造纸术因此得以向西方传播。岑参是文官，没有随军出征，而是在武威等待高将军回来后班师回朝。高仙芝的继任是封常清，于是岑参作为节度判官再次进入西域。时隔三年再次踏上这片土地，他身上一定浸润着丝绸之路的气息。

他们主要驻扎在库车附近一个叫轮台的地方。岑参有一首作品叫《轮台歌奉送封大夫出师西征》，可见他只是送行，没有随军出征。岑参虽说是节度使的幕僚，但终究是一介文官。

匹马西从天外归，
扬鞭只共鸟争飞。
送君九月交河北，
雪里题诗泪满衣。

这首七言绝句题为《送崔子还京》。诗里写的是交河之北，不是驻扎地轮台，或许他是在吐鲁番盆地写的。

吐鲁番盆地有高昌和交河两座城市。高昌又名哈拉和卓，交河又名雅尔湖，高昌面积更大。交河小而雅致，地如其名，位于两条河的交汇处。唐代安西都护府在移往轮台前设置在交河。岑参应该有时会来这里，也许他是为了送别回京的人而从轮台来到交河的。

看来岑参很擅长交际。他与高适、薛据和杜甫等人关系亲近，诗里也有体现他们交往的内容。杜甫的《同诸公登慈恩寺塔》中，“诸公”里就有岑参。岑参的《与高适薛据登慈恩寺浮图》就是那时的诗作。

在前后两次西域生活中，岑参难以忘记的是丝路中碛砾的可怕之处。王翰的《凉州词》里，“沙场”指的是沙漠，而碛砾则没有沙漠那么细软，但日本是把碛砾和沙漠混为一谈。只是普通碛砾的话，中原也有不少。西域碛砾的可怕之处在于遍地都是。

岑参有一首绝句叫《过碛》。

黄沙碛里客行迷，
四望云天直下低。
为言地尽天还尽，
行到安西更向西。

他还有一首《碛中作》，也是七言绝句，收录在日本人也常读的《唐诗选》里。

走马西来欲到天，
辞家见月两回圆。
今夜不知何处宿，

平沙万里绝人烟。

用“绝人烟”代替一般人所写的“断人肠”正是岑参的新意。岑参之所以是岑参，就因为他的诗有这种新意。

杜甫有一首题为《九日[①]寄岑参》的长诗，结尾处这样评价岑参的诗作：

岑生多新诗，
性亦嗜醇酎。
采采黄金花，
何由满衣袖。

“岑生多新诗”并不单指他的新作品数量多，还指像“绝人烟”这种立意新颖的诗很多。既然说他“性嗜醇酎”，那他一定是酒量过人。他有一首五言绝句，题为《行军九日思长安故园》，这里的“行军”应该不是指征战西域，而是指镇压安禄山之乱的军事行动。

① 指九月九日。

强欲登高去，
无人送酒来。
遥怜故园菊，
应傍战场开。

登高是农历九月九日的传统活动之一，即登上高处，饮菊花酒，来消除厄运。虽然勉强登上高处，却没人送菊花酒来。花儿开在哪里了呢？是开在战场上了吧。

还有一个陶渊明的故事，与九月九日菊花酒有关。九月九日，陶渊明没有菊花酒可喝，无奈之下只好赏菊，这时地方官正好送酒来了，时机恰到好处，于是开怀畅饮起来。但岑参那时却是“无人送酒来”。

故乡长安的菊花也许已经盛开，但那里现在被叛军占领，无法回去。

虽然安禄山之乱也扰乱了诗人的心绪，但岑参的真本领还是在边塞诗上。和王昌龄、王翰等人不同，能够真正站在西域的土地上，亲眼目睹、亲口吟咏西域风物的一流诗人，除了岑参别无他者。《西游记》里吐鲁番盆地的火焰山十分有名，但就连《西游记》的作者也没有亲自去过那里。

岑参的确亲眼看到过像在燃烧一样的火焰山，所以，他写下的《经火山》和《火山云歌送别》等作品就显得弥足珍贵了。《经火山》全诗如下：

火山今始见，
突兀蒲昌东。
赤焰烧虏云，
炎氛蒸塞空。
不知阴阳炭，
何独然此中。
我来严冬时，
山下多炎风。
人马尽汗流，
孰知造化功。

火焰山上燃烧着“阴阳炭”的形容就是岑参诗作的新颖之处。将那些不为人知的风物用简单易懂的语言表述出来，可以说是文人墨客的使命。遇到这种难得一见的风物，或许岑参的胸中便燃起了文人的使命感和创作新诗的喜悦。

行军途中有时会遇到回京使者。我此番西行，前路漫漫，不由得回头东望。那条路也遥遥无尽，故乡就在那里。

故园东望路漫漫，
双袖龙钟泪不干。
马上相逢无纸笔，
凭君传语报平安。

我想给亲人草书一封，报一声平安，行军途中却没有准备纸笔，只好拜托给你了，请替我捎一份口信吧。出了塞外，便常常是临战状态，虽说是行军，却不单单是赶路。这首诗的题目叫《逢入京使》。

因为只是“进京的使者”，所以不是作者十分亲近的人。真正亲近的是像在玉门关写信的对象李主簿那样的人，然而对方却没有回信，在除夕这样特别的日子里，思念之情更浓。岑参一定是满怀“不要忘记我”的愿望，给友人李主簿写下了一首诗：

东去长安万里余，
故人何惜一行书。
玉关西望堪肠断，
况复明朝是岁除。

这首诗题目叫《玉关寄长安李主簿》。主簿是主管文书的官职，由谁来当，并不确定。李主簿连只有一行字的信都没寄来，岑参似乎有些恼火。不过，他能在诗里倾吐这样的感情，足见他们之间的亲密程度。

一般而言，除夕是家人团聚的日子，但在旅途中，尤其是在军旅中，家人团聚是不可能的。不仅是除夕，立春也一样。岑参出了玉门关，在叫作苜蓿烽的烽火台边写了一首寄给家人的诗。这里的“家人”，应该指的是他的妻子。

苜蓿烽边逢立春，
胡芦河上泪沾巾。
闺中只是空相忆，
不见沙场愁杀人。

征战沙场之人的辛苦远远超过爱人的想象。这可以说是远征之人与妻子的书信往来中最为精彩的一首诗。

第三节　乌托邦与虚构人物

唐代诗文繁荣，百花齐放。同时，国运极尽隆盛，至唐玄宗时期，西域也被纳入版图，开拓了诗人活跃的舞台。一些诗人开始进入西域，创作西域风情的诗篇，代表诗人是岑参。之后因安史之乱，国运式微，从此西域诗难得一见，西域也渐行渐远。

此后再次出现西域诗文，是成吉思汗率领的蒙古大军入主西域的时候。蒙古大军十分国际化，除了蒙古族游牧民之外，还有汉人、女真人、契丹人和色目人，色目人由突厥人和伊朗人等组成。

明代有郑和远洋出征，意气风发，但其势力却不及西域，原因是帖木儿的势力非常强大。到了清代，文人（同时也是官员）间的往来也渐渐频繁起来。

蒙古汗国最有名的西域文人是耶律楚材。按照当时的区分标准，他是汉人，实际上是汉化的契丹人。他还是契丹王族，与辽王朝有直接关系。

耶律楚材出生于燕京（即现在的北京），虽是契丹人，但从小在汉语环境下长大，契丹语是长大后才学会的。论汉语文章，当时无人能与之匹敌。他的母亲和妻子都是汉人，蒙古人将他视为汉人也在情理之中。据说他的岳父苏公弼是苏东坡的四世孙，他自然深深浸润在汉文化之中。

当时的统治者是女真人的金王朝。大约百年之前金灭辽，辽王朝的耶律一族降金，并且为其效力，耶律楚材在蒙古人攻陷燕京的时候便已投降。当时，成吉思汗说："辽金世仇，朕为汝雪之。"耶律楚材回答："臣祖父皆北面事金，既为臣子，敢仇君父耶！"

耶律楚材不是一个只会对胜利者摇尾乞怜的人。这一年（1215）他二十六岁，此时金还没有灭亡，但距离金太祖完颜阿骨打建立金王朝（1115）已经过去了大约一百年。虽然自己的祖国灭亡了，但他此后受到的恩惠他也不能忘记。这便是耶律楚材的儒家精神。

成吉思汗的西征随即开始。使节团在讹答剌①被杀，成

① 又称奥特拉尔，中世纪时代的中亚古城，位于今哈萨克斯坦奇姆肯特市阿雷思河和锡尔河交汇处。

吉思汗为此兴师问罪。花剌子模[1]万万没有料到成吉思汗会来到这里，因此并未当一回事儿。

耶律楚材参加了这次远征。

花剌子模军岂是蒙古的对手，撒马尔罕、布哈拉、苦盏以及首都乌尔根奇[2]相继沦陷，讹答剌更是遭到了彻底的践踏。

在巴米扬发生了大屠杀，没有留下一点点生命的痕迹。成吉思汗的孙子木阿秃干（成吉思汗次子察合台长子）曾在这里中箭身亡，大屠杀便是为其复仇。从前的地名也被“抹杀”，改称“被诅咒的土地”（maubaliq），直到现在，那里仍无人居住。

参与这场大屠杀的耶律楚材留下了为数众多的西域诗。吉川幸次郎[3]从中选择了一首《河中春游有感》，收录在他的著作《元明诗概说》中。所谓河中，指的是泽拉夫尚河中的土地，也就是撒马尔罕。

---

① 花剌子模，一个起源于突厥马木鲁克的波斯逊尼派王朝，首都为撒马尔罕。

② 旧都城乌尔根奇被蒙古汗国军队攻陷后，设立了新首都撒马尔罕。

③ 吉川幸次郎（1904—1980），出生于日本兵库县神户市，著名汉学家。

异域河中春欲终，
园林深密锁颓墉。
东山雨过空青叠，
西苑花残乱翠重。
杷榄碧枝初着子，
葡萄绿架已缠龙。
等闲春晚芳菲歇，
叶底翩翩困蝶慵。

每个人都各有所好，要是我的话，就从《西域河中十咏》中选取。这十首五言律诗都以“寂寞河中府”一句开篇，现将第二首收录于此。

寂寞河中府，
临流结草庐。
开樽倾美酒，
掷网得新鱼。
有客同联句，
无人独看书。
天涯获此乐，

终老又何如？

这样的心境是在巴米扬大屠杀中产生的吗？耶律楚材投降，其目的不就是让他们减少一些兽行吗？哪怕只减少一点点。他之所以觉得在西域“终老又何如”，是因为“要是没有战争”的想法愈发强烈了吧？甚至会有“若不是因为战争的话，就不会来到水果这么好吃的地方”的想法。西域的哈密瓜古今闻名，耶律楚材也有咏瓜诗，是一首题为《西域尝新瓜》的七言绝句：

西征军旅未还家，
六月攻城汗滴沙。
自愧不才还有幸，
午风凉处剖新瓜。

这首诗写的还是军旅，诗里提到攻城以及汗水滴落在沙子里。攻城是在6月，烈日炎炎，酷暑难耐，想必士兵大汗淋漓，那时候的哈密瓜一定好吃得不得了。

战争时代创作的诗里出现战争是理所当然的，但我觉得作者的心情却是“已经够了”。士兵们已经厌倦了漫长的西征之旅，因为几乎所有人都很想家。蒙古汗国的军官都带着家眷。在这漫长的征旅中，成吉思汗有蔑儿乞惕部出身的忽兰王妃伴其左右，但普通士兵却只能哀叹“未还家”。

他们在一些小事上得到了喜悦，作为漫长行军途中的乐趣，在“午风凉处”香甜地吃上一口哈密瓜还是被允许的。

葡萄可以说是丝绸之路的象征，事实上西域葡萄的产量最高。

据说中国原来没有葡萄，是在汉武帝时期（前141—前87在位）从西域传过来的。传播的人可能是出使西域的张骞或者远征军将领李广利。

人类从很早以前就开始栽培葡萄，不用说，是为了酿造葡萄酒。据说公元前3000年，葡萄从地中海东部沿岸到高加索地区均有种植。

起到关键作用的是雅利安人和塞姆人，据推测，葡萄传到希腊大约是在公元前1500年左右。葡萄栽培技术和葡萄酒的酿造方法逐渐传向东方，一旦传到大宛（费尔干纳），再传到中国就只是时间的问题了。

种植葡萄，气候和土壤十分重要。中国有大面积的干燥地带，栽培不会太困难。有记录表明12世纪日本开始种植中国的葡萄品种，却没有推广开来。17世纪开始的棚栽有了一些可观的成果，但日本真正开始栽培葡萄，是从明治时代开始的。

葡萄作为设计造型很早就传到了日本，如藏于正仓院的海兽葡萄镜等。“葡萄美酒夜光杯”之类的诗句也在日本的知识阶层之间广为传诵，但日本人在很长一段时间里并不知道真正的葡萄是什么样子。

乌兹别克斯坦的塔什干被称为“石国”。这里的特产石榴与葡萄齐名，在丝绸之路的风物诗中不可或缺。石榴也称“若榴”，是日语“石榴”的语源。据说石榴是在平安时代[①]之前传到日本的，也许是因为它对水土没葡萄那么挑剔。

耶律楚材的《西域河中十咏》没有提到石榴，但出现了杷榄，杷榄其实就是橄榄。下面是十首中的第三首。

寂寞河中府，
遐荒僻一隅。
葡萄垂马乳，
杷榄灿牛酥。

---

① 平安时代（794—1192），是日本古代的一个历史时期。

酿春无输课，

耕田不纳租。

西行万余里，

谁谓乃良图。

“遐荒”是距离都城十分遥远的外族居住地。“酥”指的是像奶油或者奶酪一类的乳制品。这里所说的细长的马乳葡萄可能就是吐鲁番盆地出产的。

诗里说这里没有酒税和田租，是因为战争而没有的，还是本就如此？我们不得而知。如果这片土地从一开始就不收税金，这不正是“乃良图”吗？“乃良图”是蒙古语“乌托邦”的意思。

庄子的《无何有之乡》中有乌托邦的原型，意思是什么都没有的地方，即一望无际、虚无缥缈的仙境。这和我们笼统意义上理解的乌托邦略有不同。

陶渊明的《桃花源记》讲了一小群人为躲避秦始皇的暴政，断绝与周围的一切往来的故事。

他们不知道秦朝之后有西汉和东汉，也不知道经历三国大乱后有魏晋之世。六百余年间，这里的人们对外界的生活一无所知。因迷路误入此地的人见到了桃花源，本想再去一次，却怎么也找不到了。正是因为找不到，才是桃花源，才是“无何有之乡”。

1872年塞缪尔·巴特勒（Samuel Butler）写了一本小说《埃瑞璜》（*Ere·hwon*）。书名是把“乌有乡”（Nowhere）倒了过来，指的是在哪里都不存在的地方。

在中世纪的欧洲，这种乌托邦的故事流传甚广。那是一个非常迷信的时代，人们十分相信这种故事。乌托邦还出现了变种，即虚构的人物，比如祭司王约翰的传说。

故事讲的是东方有一个基督教的祭司，他拥有自己的王国，那是基督教徒受到穆斯林压迫的时代。

当时，伊斯兰教出了一位叫萨拉丁的优秀领导人，而基督教的形势却不容乐观。十字军屡战屡败，圣地耶路撒冷也被夺走了。

萨拉丁的正式名字叫萨拉丁·优素福·伊本·阿尤布，他是阿尤布王朝的开国君主。当时穆斯林中有很多阿拉伯人和塞姆人，但他是库尔德族人，出生于伊拉克中部。

库尔德族属于雅利安系，距离欧洲很近，现在仍生活在伊朗、伊拉克和土耳其的边境地区。

阿尤布王朝不是民族政权，而是伊斯兰政权。十字军本来想打败他们，最终不但没有成功，还失去了耶路撒冷。萨拉丁是少见的杰出人物，占领耶路撒冷后仍然允许基督教徒来巡礼朝拜。这里是伊斯兰教和基督教这两种宗教的圣地，但基督教占领时期却不允许穆斯林在此巡礼朝拜。

萨拉丁占领耶路撒冷是1192年，当时成吉思汗还只是铁木真，尚未击败泰赤乌部，成为蒙古诸部的盟主。对于欧洲来说，当面之敌是伊斯兰教，如果背后能有打败伊斯兰教的强大势力，则是求之不得的事情。

在这种背景下出现了祭司王约翰的传说。基督教徒寄希望于这个故事，但祭司王约翰在现实中并不存在。不过，也不能完全断言这个故事没有根据。

有人认为成吉思汗可能就是祭司王约翰，但似乎这个传说在成吉思汗之前便已出现了。

第四节　沟通东西方之人

将东方和西方连在一起的是13世纪的蒙古人，之前无论是亚历山大大帝还是汉武帝，都未能成功，他们仅差一步之遥。不管是从东向西还是从西向东，必经之地费尔干纳盆地都是让人喘不过气来的地方，穿过那里会相当困难。将东西方整合在一起是一项伟大的事业。不过，那些跃跃欲试的人头脑里一定没有东方和西方的概念，他们甚至不知道地球是圆的。

起初注意到地球是球形的是在海上航行的人们。那是15世纪以后被称为“大航海时代”时的事情，时间上紧随元朝称霸世界之后。简而言之，就是马可·波罗从元朝返回西方一百年后的时代。我认为，草原时代和海洋时代是联动的。

1405年，郑和的舰队第一次远征。可以说，是郑和将草原与海洋连接在了一起，而郑和是奉明永乐帝之命出海的。

永乐帝是明太祖洪武帝的儿子，他把首都从南京迁回了北京。郑和第一次远征，距离明与元交替还不足半个世纪。

郑和的家族出身云南，是穆斯林，据说他的祖先是西域人。明军进入云南后，年少的郑和被献给了受封于北京的燕王，燕王是太祖（洪武帝）的第四个儿子。因为第二位皇帝建文帝的父亲（洪武帝的长子）即位之前就去世了，所以他以孙子的身份继承了皇位。心有不平的燕王将侄子建文帝剿灭，登临帝位，即永乐帝。

郑和年少时便以宦官的身份服侍燕王，燕王做了皇帝之后，他也被提拔为内官太监。这是宦官的总管，拥有极大的权力。而且，攻打建文帝时，永乐帝不仅借助了外族的力量，也受到了南京宫内宦官内应的帮助。因此，与其他时代相比，此时的宦官拥有极大的势力，所以，站在这个顶点的郑和握有绝对的权力。

有观点认为，永乐帝的目标是成为忽必烈那样的接班人。

推翻元朝后，明朝致力于抹去一切外族色彩。但是，在元朝的长期统治下，草原游牧民早已和中原的农耕民形成了一个共同体。比如，游牧民把草原上喂养的马卖给汉人，用换来的钱买生活必需品。随着蒙古人撤回蒙古高原，划分出了国境线，永乐帝认为自己的任务就是抹除国境线，即统一国家。

与父亲收缩保守、仅巩固汉族势力的国策不同，永乐帝采取了撤除国境线的做法，有观点认为永乐帝开创了一个新王朝。

一般来说，关于皇帝的称呼，只有开国皇帝或极其优秀的才称“祖”，其他皇帝只能称“宗”。唐朝只有开国皇帝李渊称“高祖”，尽管李世民是事实上的王朝缔造者，但也仅仅称“宗”而已。草原霸主成吉思汗和他的孙子忽必烈是特例。成吉思汗是“太祖”，而定国号为“元”的忽必烈称“世祖”。

明朝的开国皇帝洪武帝（朱元璋）被称为“太祖”，而永乐帝被称为“成祖”。包括建文帝在内，明朝一共有十七位皇帝，但称“祖”的仅有这两人。应该说只有两个人呢，还是说竟然有两个人呢？无论如何，明朝确实出现了两个相当于创始人的皇帝。有两位创始人，就出现了存在两个王统的解释。有人认为，首都从南京迁到了北京，因此就有两位“祖”。无论如何，永乐帝其人绝非等闲之辈。

太祖洪武帝十分重视减少开支，增加积蓄。他的儿子永乐帝却以建立世界帝国为目标，在经济方面采取积极的政策，派遣前所未有的大规模舰队出海就是其中的一个环节。

永乐帝派出的七次航海远征（最后一次在永乐帝驾崩后）一般称为“郑和下西洋”。

第一次航海于永乐三年（1405）出发。船队由62艘大船和27800余名将士组成。当时尚未迁都，首都还是南京。这些大船是在南京一个叫宝船厂的地方建造的。据记载，一艘船长44丈（150米），宽18丈（62米）。这是《明史》中记载的数字，不过由于记载的数字过大，有人怀疑是夸大其词。这艘船相当于现在8000吨级的船只。93年后，瓦斯科·达·伽马率领舰队绕过好望角，舰队里的旗舰才120吨。

郑和下西洋的百余年前，马可·波罗记载：“古代船的吨位比现在的还要大。但是，南海各岛所建港口由于海上风暴的冲击而破损不堪，因而现在的港口几乎无法停泊大型船只，因此，只好建造吨位较小的船舶。”尽管如此，这些船只也要最多搭载300名水手，并带上几艘小船一同出海。小船也要搭载60人到80人，有时能达到上百人，此外还有很多商人搭船同行。

根据南宋的记载，有穆斯林商人从印度南部的库伦换乘中国船只。所以很难相信对于中国船只的记述有夸张之处。

1957年，南京郊外的宝船厂遗迹里出土了一只巨大的船舵，由此证明《明史》记载的船只大小的数据并无夸张成分。

郑和的舰队从苏州的刘家河——通称“六国码头”出发，62艘大船组成的船队一定十分壮观。

船队第一次至第三次到了爪哇、马六甲、锡兰和印度西海岸的科泽科德。第四次到达波斯湾的霍尔木兹，另一支分队从马迪布群岛到达非洲东海岸，然后北上前往阿拉伯半岛的亚登等地。

郑和是穆斯林，想必近28000名船员中穆斯林也不在少数。因此，他们向麦加派遣了小分队。“郑”是他做宦官成名不久后获赐的姓，他原姓马。

为什么会进行这次国家层面的远征呢？或许有几个原因混杂在一起。

宣扬国威和获取贸易利润是谁都能想到的。除此之外，还有一种观点是为了寻找建文帝的行踪。攻下南京城后，既没有找到建文帝，也没有找到他的遗体。所以，寻找建文帝的活动一直在持续着。有人认为，也许他逃到国外去了。因而，当时私下里就有人说，其实郑和下西洋是带着搜索建文帝的任务。

其次，有人认为是为了清除誓死反对洪武帝的苏州张士诚的海上势力，但此时这股势力已经毫无威胁可言了。

但此时如果出现了成吉思汗这样的人该怎么办？不仅是农耕民族，对于游牧民族来说，这也是一个大问题。这时，距成吉思汗出现已经过去将近两百年了，元王朝的后裔被驱逐到了漠北，在草原和沙漠上建立的政权也大多因继承人纷争而丧失了力量。

这时，帖木儿出现了。他自称出身于名门，与成吉思汗有血缘关系，也有人说他只不过是牧人的儿子。他的右腿残疾，人们叫他“跛子”。据说他因少年时代偷盗家畜而遭受私刑。而真正见过帖木儿的西班牙骑士克拉维约说，起初他只是有几名部下的小贵族。

克拉维约前去会见帖木儿，是因为罗马教皇为了对抗奥斯曼帝国，想与其背后的势力即帖木儿帝国建立关系。在帖木儿帝国的首都撒马尔罕，诸如此类的外交战十分激烈。克拉维约在他的游记里记述了当时明朝使节也在撒马尔罕，并且遭到了虐待。

永乐帝当然也想和帖木儿结盟，但只因为这一点就派出如此大规模的舰队，却是小题大做。而且，帖木儿死后明朝仍然持续派遣舰队。帖木儿留下遗言，想把王位传给孙子，但并没有被遵守。在他死后的一片混乱中，帝国失去了跟中国交战的意向，已经不再让人忌惮了。

帖木儿讨伐明朝的远征军于1404年出发，兵力达20万人。帖木儿和永乐帝一样，喜欢御驾亲征，但此时他已经70岁了。远征第二年，帖木儿驾崩。

作为征服者，人们常常拿成吉思汗和帖木儿比较。但是，与称霸亚欧大陆的成吉思汗相比，帖木儿显得微不足道。或许他自己也意识到了这一点，所以才决定向明朝出兵吧。如果不在中国身上打主意，帖木儿终归是无法跟成吉思汗相提并论的。

他们同样是小贵族出身，只是成吉思汗的出身要稍好一些。帖木儿说他和成吉思汗有血缘关系，其实他的突厥血脉更加浓厚。成吉思汗不太信教，而帖木儿是一个虔诚的穆斯林。

要说帖木儿属于哪一类人，我觉得不如将其和同时代的永乐帝比较，更容易理解。

帖木儿王朝和明王朝之间的关系错综复杂。帖木儿原本是从成吉思汗的次子察合台建立的汗国发迹的。察合台汗国原本是喀喇契丹（西辽）的领土，面积广大。由于地域过于广阔，最终分裂成了东西两部分。东部的人自称“蒙兀儿”（蒙古），而将西部的人轻蔑地称为“哈剌瓦纳”（混血儿）。

相反，西部的人自称“察合台人”，将东部的人称为“察台”（小偷）。西部的君主改信伊斯兰教，贵族掌握着实权，国家更加混乱。最终察合台国将不国，帖木儿趁机脱颖而出。

帖木儿的一生戎马倥偬，向西进攻时，为了不受到背后偷袭，不得不与东方的势力缔结友好关系。

明洪武二十七年（1394），各国向明朝进贡，《明史》的相关记载中出现了“撒马尔罕”。这个撒马尔罕正是帖木儿帝国。为了和成吉思汗长子术赤的后代脱脱迷失交战，帖木儿王朝的使者才带着贡品（二百匹马）与明朝修好的。

但是，若想成为第二个成吉思汗，帖木儿必须进攻中国。他梦想着远征中国，但此时还是先献上了二百匹马。

作为答谢，明朝派遣傅安出使西域，他率领一千五百名将士前往撒马尔罕。随员中有一个人叫陈诚，撰写了《西域行程记》和《西域番国志》等著作。他多次被派遣到西域，他在西域写的诗，对失去西域的明代而言，是珍贵的资料。

复过川

世事应如梦，
胡川又复过。
古今陈迹少，
高下断崖多。
识路寻遗骨，
占风验老驼。
夷人称瀚海，
平地有烟波。

这个使节团一到撒马尔罕就被扣留了，或许当时撒马尔罕正在跟印度打仗，没有人负责接待他们。

帖木儿死于明永乐三年（1405）。他的继承人不但放弃了东征，还担心扣留使节会遭到报复，遂遣返了长期扣留的明朝使节。

《明史》记载："永乐五年，（傅）安等还。"

郑和的第一次远征船队从长江出发，正是那一年。

帖木儿被葬在了他热爱的撒马尔罕，他的陵墓叫古尔·埃米尔陵。

如果得到特别许可的话，就可以进入安置帖木儿灵柩的地下室。根据我在那里听到的故事，1941年6月，苏联考古学家打开灵柩，调查了里面的遗体。据此发现，帖木儿不仅是右腿残疾，连右手也比左手小一点。原因尚不明确，有可能是小儿麻痹症导致的。

直到今天，人们仍然相信打开帖木儿的棺材就会有不祥之事发生。

第三部

边境历史纪行

“边境”一词让我们感到振奋的同时，不知为何也让我们感到苦闷。为了回答这个“为何”，我们特此编纂了《中国边境历史之旅》丛书。

本书第三部《边境历史纪行》是陈舜臣先生为白水社出版的《中国边境历史之旅》原书出版当时的历史背景所做的解说。——编辑部

第一节　人的命运

宣统三年（1911），即清王朝最后一年，清朝仿照日本官报发行了《内阁官报》。当年闰六月二十日（阳历8月14日）的内阁官报条例酌定了官报送达各地的日期。毕竟中国是一个幅员辽阔的国家，每天在北京印刷发行的官报上所载的法令无法当日生效，因此需要预先确定送达各地的日期，送达之后法令生效。据《内阁官报》记载，送达拉萨的驻藏办事大臣处的时间酌定为发行之日起一百六十五天后，其次是塔尔巴哈台参赞大臣（今新疆塔城）的一百四十天，再次是驻扎在新疆西部边境的伊犁将军处，定为一百二十天。《东藏纪行》所涉及的地区由川滇（四川和云南）边务大臣管辖，《内阁官报》从北京送达这位大臣的所在地需要一百零五天，到乌鲁木齐为九十天。

从直线距离来看，从北京到乌鲁木齐和到拉萨花费的时间几乎相同，但从酌定的官报送达所需天数来看，拉萨多出将近一倍。这是考虑了道路状况、交通工具及其他各种条件后酌定的，可谓“实实在在的距离”，也就是说拉萨距离中央最远。

这份内阁官报条例出台之时的驻藏办事大臣是联豫，川滇边务大臣是赵尔丰，他的任职到当年3月为止。这一年清朝灭亡，第二年中华民国成立。民国元年，驻藏办事大臣改名为西藏办事长官。中华民国是共和制，不再使用“臣”字。首任驻藏办事长官是钟颖，而川滇边务大臣被废除。民国二年设立川边都督，首任都督是尹昌衡。两年后，除了军职川边镇守使之外，还设置了行政职位川边道尹。刚刚列举的联豫、赵尔丰、钟颖、尹昌衡等名字也出现在《东藏纪行》中，其中出现最频繁的是在台克满调停之旅七年前便已故去的赵尔丰。

当时赵尔丰已不在人世，但仍然是重要人物。《东藏纪行》中也写道，清朝皇帝派遣一名满族人而不是汉族人驻在拉萨，其代表是驻藏办事大臣（该书称其为“安班”），副手叫驻藏帮办大臣。该书提到，1908年3月，赵尔丰以北京政府长官的身份被任命为驻藏大臣，或许是帮办大臣。从《清史稿》的疆臣年表来看，光绪三十四年（1908）及其前后，驻藏办事大臣只有联豫的名字。但同样是《清史稿》，正文中正、副（办事大臣、帮办大臣）统称驻藏大臣。该书的《赵尔丰传》

中，写有“充川滇边务大臣，护总督，改驻藏大臣……”，川滇边务大臣（该职位设于1906年7月，他是第一任）就任驻藏大臣，还拥有总督的资格，因此并不单单是副官。

赵尔丰是汉族人，不过他不是普通的汉族人。1644年，清军越过山海关占领北京，这被称为“入关”。中国大部分汉族在清兵入关后归顺清王朝，但在东北地区，一部分在清朝入关前就已归顺的汉族人，获得了相当于满族的待遇。赵尔丰就出身于这样的家庭。普通汉族都有“籍贯”，比如籍贯浙江绍兴，但像赵尔丰这样的家世则与之不同，他的籍贯是“汉军正蓝旗”。赵尔丰虽然是汉族，却和满族一样被称为“旗人”，可见其身份不一般。

汉军旗人受到优待，赵尔丰没有参加科举考试便从山西知县升为道员（道的长官，也称道台）。据说他在镇压义和团事件中有功，受到四川总督锡良赏识，成为四川省永宁道的道员。由于政绩得到认可，赵尔丰随后被派遣到与西藏交界的四川西北纷争多发地区。可以说，川滇边务大臣的职位就是为他设立的。

赵尔丰于1911年去世。1911年是辛亥年，这一年清朝被推翻，其直接契机是铁路国有问题。

中国的铁路几乎都是向外国借款而铺设的，还没有铺设的铁路铺设权也转卖给了外国。然而，看到京汉线和京奉线获得了巨大利益，清朝政府计划将铁路全部国有化，并计划凭借所获利润重建政权。当时，民间已经展开了购回出售给外国的铺设权，自行建设、经营的“收回利权运动”。进展最快的是粤汉川（广州—武汉—四川）铁路，经民间人士出资已经收回铺设权，并且成立了类似股份公司的组织，眉目已经相当清晰了。不过，政府试图通过国有化政策将其没收，这势必会激起反对运动，其中四川最为激烈，发生了大规模罢工。

据《东藏纪行》记载，四川总督赵尔巽是赵尔丰的哥哥。这一年的1月，赵尔巽被召回北京，并于4月转任东三省总督。而认可赵尔丰才能的前四川总督锡良曾是东三省总督，这位蒙古族总督因病辞职，赵尔巽便成为继任者。四川总督之职因此空缺，四川布政史王人文署理。王人文看到四川的反对运动如此激烈，便向北京申请推迟铁路国有化。在北京看来，铁路国有化政策是唯一起死回生之策，所以对王人文的软弱表示不满，决定更换更强硬的人物。恰巧此时，赵尔丰正在附近处理西藏问题，他又是前总督的弟弟，是一位富有决断力的可靠人物。

强硬的赵尔丰一到成都，也感受到了反对国有化运动的震撼力，电报清政府暂时推迟铁路国有化为好。

北京坚决拒绝延期国有化，命令一位叫端方的满族高官率兵前往四川镇压反对运动。端方曾担任直隶总督这一要职，但遭到罢免，理由是其在光绪皇帝大葬时拍摄照片，以不敬罪遭到弹劾。

北京在铁路国有化问题上十分强硬，或许是深知不实现铁路国有化，清王朝就将覆灭。赵尔丰察觉到了这种气氛，转而采取强硬政策，突然拘留了要求清政府停止派兵的人，甚至还向前来请求放人的民众开枪。据邹鲁的《四川光复》记载，阴历七月十五日几十人被夺去性命，从城外前来请愿的群众也有几十人被杀。由此，抵抗运动扩展到了四川全境。

端方到资州后便不再继续向四川前进。当时正值阴历八月十九（阳历10月10日），革命军在武昌起义成功。赵尔丰只好承认四川自治，释放入狱的革命党人士，他自己则决定处理川滇边务。然而，军队中出现了内讧，混乱至极，这时四川的有识之士推选出时任陆军小学总办一职的尹昌衡。

赵尔丰表面上承认四川自治，而自己佯装引退，实际上则在暗中伺机反击。他是汉军旗人，自然会对清王朝十分忠诚。他向广州将军凤山、傅嵩炑等人派遣密使，要求派兵。

被告密后，革命军政府知道了这件事，尹昌衡率兵逮捕了赵尔丰，在明远楼（一说贡院）旁将其杀死。

据《东藏纪行》记载，杀死赵尔丰的尹昌衡被对手逐出成都，后来与赵尔丰一样参与处理西藏问题。讽刺的是，虽然尹昌衡以赵尔丰的路线为目标，却没有达成目的。

赵尔丰之兄赵尔巽从动荡的四川转任东北，中华民国成立后出任清史馆总裁，负责编辑《清史稿》。《清史稿》提到赵尔丰的死因：由于兵变，成都无主，百姓请他务必出马，却遭到尹昌衡的攻击而死。这与当时四川当地的记录不一致。赵尔丰口说专心处理边务，却没有亲赴西藏，而是一直停留在成都。郭孝成的《四川光复记》中记载："将罪大恶极赵贼尔丰之首级，传示各街，以快人心。"他的首级好像还被拍摄了下来。

《东藏纪行》记载，杀死赵尔丰的尹昌衡在北京被捕，一度在铁窗下呻吟，险些被处死，但他侥幸逃过一劫，得以被释放。郭廷以的《中华民国史事日志》中记载，民国三年（1914）二月二日，"前四川都督尹昌衡在北京被拘（有人控其侵吞公款，私通乱党，实为赵尔丰报复）"。赵尔丰的兄长赵尔巽在北京担任清史馆总裁，不久便成为参政院参政，一定拥有强大的人脉关系。此时，袁世凯暗地里想当皇帝，极力讨好保守势力，因而赵尔巽有相当的发言权，被杀身亡的弟弟身边的人也都想向尹昌衡报仇雪恨，尹昌衡自然身处险境。

赵尔丰等人的结局让我们深思人的命运，而《东藏纪行》中出现的另一个人物也是如此。

据《东藏纪行》记载，1910年，钟颖向赵尔丰借调一队作战经验丰富的士兵进攻拉萨的时候，驻藏帮办大臣温宗尧“知道那是对一直以来把自己当作朋友的西藏人民的背叛，因此辞去职务”。

出身广东的温宗尧毕业于香港皇仁书院，作为中国最早的公费留学生之一赴美留学。[①]1903年归国后，在外交领域工作，参加了1908年召开的西姆拉会议。之后，温宗尧驻在拉萨市。

辛亥革命期间，温宗尧偏向革命一侧。二次革命中他也倾向革命，反对袁世凯复辟帝制。1920年，温宗尧以广东军政府政务总裁的身份，再次活跃在南北议和的会议中。广东军政府是设立于肇庆的一个小政权，在南北对立中属于南方阵营，却反对孙中山的领导。后来，这个军政府被陈炯明解

① 温宗尧大约于1891—1894年间留学于英国剑桥大学，此处或系作者笔误，温也不应该是中国最早的赴美（赴英）留学生。

散，温宗尧也在1920年后隐居上海。

抗日战争爆发后，温宗尧任日本傀儡政权维新政府的立法院长。1940年，汪精卫组织傀儡南京政府后，他在汪伪政权中历任立法院长和司法院长。抗战胜利后，温宗尧受审并被处无期徒刑。

第一次世界大战结束的那一年，日本发生了出兵西伯利亚、米骚动[①]等重大事件。中国针对日本强加的“二十一条”，反抗运动越演越烈。第二年，席卷全国的“五四运动”爆发了。

对于中国人来说，由外国外交官来调停中国内部的西藏问题是无法接受的。但是，当时四川和云南两省不和，斗争不断，中央政府无力出面。这一事件也告诫了国民起内讧的可怕之处。

民国十三年（1924），四川和西藏的边界地区，除川边镇守使之外，还增加了川边防务督办一职，第二年成立了“西康特别行政区”，长官为屯垦使兼民政长。1928年，又设西康省，与中国其他省份待遇相同。中华人民共和国成立后，撤销西康省，金沙江以西汉族稀少地区成为西藏自治区的昌都地区，以东则划入四川省，此时基本恢复了清代的行政区划。

---

① 指1918年在日本发生的由于大米价格暴涨而引起的暴动事件。

第二节　革命风暴

勒·柯克的第四次新疆之旅与前三次略有不同。

德国派遣的中亚探险队最初以吐鲁番为中心，所以叫吐鲁番探险队。《中国新疆的土地和人民》的前言也说：本次探险是第四次吐鲁番之旅，但他们根本没有去吐鲁番。前三次的主角是格伦威德尔[①]，其中第二次是勒·柯克先行，在目的地迎接格伦威德尔。

格伦威德尔和勒·柯克的关系似乎不太融洽。勒·柯克曾尝试与哥本哈根的威廉海姆·托姆森[②]教授共同研究由土耳其古代文字书写的文献，但“由于格伦威德尔关于发现摩尼教优先权的非分要求而遭到了破坏”。勒·柯克评价格

① 阿尔伯特·格伦威德尔（Albert Grünwedel）（1856—1935），德国东方学家、考古学家、中亚探险家。

② 威廉海姆·托姆森（1842—1927），丹麦语言学家，突厥学学者。

伦威德尔的著作《古代（新疆）佛教遗址》“费了很多心血（尽管尚有几处较大的错误），富教于益”。虽然褒扬其“有益”，但仔细揣摩便知，这其实是不怀好意的批评。

勒·柯克对这位年长四岁的前辈似乎并无多少敬意，共同调查时也经常发生意见冲突。于勒·柯克而言，第四次旅行摆脱了碍手碍脚的格伦威德尔，他一定期待按照自己的想法顺利进行调查。

然而，他的期待落空了。清朝因辛亥革命（1911）而灭亡，1913年，勒·柯克来到中国时，已是中华民国二年。前三次探险是在清朝统治之下，而第四次则是在新共和制政权之下。当时，清政府已经垮台，新政权刚刚建立，但中国幅员辽阔，交通和通讯不那么发达，边境地区无疑会出现暂时的动荡。

“我们同地方当局打交道的经历在这本书中也可以读到。总是有种不愉快的感觉，一种不安全感。这是与以前的安全和安宁相比较而言的。”

那么，在以前“安全”“安宁”的背景下发生了什么？那就是中国的主权受到了侵犯。辛亥革命是民族主义革命，国民当然会对主权问题表现出坚决的态度。中国政府行使正当主权正是他们产生“不愉快”和“不安全感”的原因。

我们总会把勒·柯克与“壁画盗贼”联系起来。他剥下柏孜克里克[①]和克孜尔[②]等地的壁画，带回了柏林民族博物馆。

据说他与格伦威德尔不和的原因之一就是二人在剥离壁画问题上意见相左。格伦威德尔曾在慕尼黑美术学校学习，掌握临摹技术，所以主张尽可能临摹壁画。但勒·柯克却认为与其做那种慢吞吞的事，还不如直接剥下壁画来得简单可靠。他甚至指责格伦威德尔过于依靠自己的临摹技术。

我到柏孜克里克和克孜尔看过被勒·柯克剥掉后的壁画，上面还有一道道鲜明的伤痕。在柏孜克里克，斯坦因也揭取过壁画，但他却批评德国探险队的剥离方法过于粗鲁。他说，没有拍摄原貌照片就径直将壁画切割下来，真是可恶至极。

勒·柯克也有自己的一套说辞。和斯坦因一样，他声称自己是在拯救这伟大的美术和宗教史上的珍宝。他说，如果就那样放任不管，它们会被人破坏，或者会被地震摧毁。然而，一千年以前石窟寺群的壁画便已存世。由于勒·柯克和斯坦因等人揭取了壁画，当地人认为那些壁画值钱，也开始

---

① 柏孜克里克千佛洞。

② 克孜尔千佛洞。

破坏壁画。克孜尔等地远离人烟，不会有特意前来破坏壁画的闲人。勒·柯克辩解道："所有绘画如不被我们或者欧洲类似的机构保存，毋庸置疑地要走向毁灭！"

这第四次探险因为格伦威德尔缺席，勒·柯克得以比之前更加随心所欲地揭取壁画。格伦威德尔关心的是这些绘画对希腊主义和东亚风格的融合、伊朗对佛教美术的影响和佛教史与之相关的寺院群。他似乎对完全变为中式风格的壁画没有多大兴趣。为了节约时间和经费，勒·柯克先从他最关心的地方下手。在第四次探险中，勒·柯克甚至将唐代的中国风壁画也揭取下来。勒·柯克不无炫耀地说道："我们现在可以带几分自豪地说，（柏林）民族博物馆珍藏了唐代真实的绘画。"

对中国来说，这些行为无异于掠夺。当时正值清朝末期，中国人因《辛丑条约》而不得不放任外国人的无理要求，或者说正因辛亥革命刚刚结束，行政系统混乱，勒·柯克等人才能把壁画揭走。他说："这是把它们从危险的地方拯救到'文明世界'中去。"然而，柏林民族博物馆在第二次世界大战中因遭空袭而化为废墟，一部分未来得及运走的壁画永远从这片土地上消失了。如果它们仍然在柏孜克里克和克孜尔山间，也许能够保存至今。他们说壁画被救出来，但果真到“文明”的土地上了吗？这个问题值得深思。

当然，勒·柯克在吐鲁番时发现并解读了摩尼教文献，只有像他这样语言素养极高的人才能做到，这些文献是用古土耳其语和巴列维语书写的。在《中国新疆的土地和人民》的序言中，他略带兴奋地谈道：“我们经常坐在一起，忘记吃饭喝水，一直到晚上7点。这美好的工作和富有成就的日子，我永远都忘不了。那时我享受了上帝赐予的喜悦，每一天都有新的和重要的东西。”勒·柯克的这份业绩确实值得兴奋。

勒·柯克说，在库车河两岸发现带有大规模坚固城堡的巨大寺院建筑废墟时，他坚信他发现了第二个高昌，兴奋到抑制不住自己的欢呼声。熟悉玄奘的《大唐西域记》的人马上就知道那是“昭怙厘伽蓝”[①]，但他在书中并未提及。斯坦因也不会汉语，不过他在其著作中谈道，旅途中会随身携带英译本《大唐西域记》，将其当作路标。这就是勒·柯克与斯坦因的不同之处。

新疆社会科学院民族研究所在1979年编纂的《新疆简史》中斥责道：“德国的所谓探查队，从新疆窃去的历史文物计有四百三十二箱”，是“披着考古学家招牌的帝国主义强盗”。该书还指出，不止勒·柯克，那个时代到过新疆的

① 昭怙厘大寺的僧人居所。

外国学者都在任意歪曲和捏造新疆历史，目的是为其侵略新疆制造理论依据。也就是说，他们的目的是想证明新疆不是中国的一部分。

《中国新疆的土地和人民》也记述了勒·柯克与俄国军队的多次接触，他断定："俄国为了扩大在亚洲的领土，试图趁火打劫，夺取中国的领土，计划将其纳入西突厥斯坦的领地。"《中国新疆的土地和人民》也详细记录了俄国挑起的各种事端。后来，俄国撤回了侵入中国领土的军队，其目的只是为了备战第一次世界大战。因为诸如此类的事件实有发生，所以中国对于外国人的学术调查很警惕也不是没有根据。

在最后一章里，勒·柯克以论述两位诗人的诗篇结束：他对吉卜林的诗"东方是东方，西方是西方"提出异议，而对歌德的诗"东方西方是不能分开的"产生了共鸣。

勒·柯克生于1860年，1930年年满七十岁时在他担任柏林民族博物馆东方部部长的岗位上去世，当时希特勒的军靴声已渐渐响起。

第三节　特殊的任务

“我想方设法尝试避开较大的市镇通过此地，最终没有成功。”从《中亚骑行记》序言到正文，书中这样的记述不胜枚举。绍姆贝格的使命是调查道路，所以他要想尽一切办法尝试发现新路。

据说他是英国的密探，所以他踏上旅途并非出于兴趣，而是为了执行任务，因此他必须仔细反复探查。

“我从库车回到了喀什噶尔，这段路不知走了多少遍，实在是无聊。”

他经常这样时不时地抱怨。如果觉得无聊，似乎可以不走同一条路线，但对他来说工作是第一位的。曾经的日不落大英帝国就是靠他这样忠实完成任务之人支撑着的。

同其他英国绅士一样，他旅行时也喜欢以马代步，带犬随行，他不喜欢的只是在同一条路上走多遍而已。为什么同一条路要走多遍，书中没有详细说明。关于道路情况，他可能另行提交了详细的报告书，说不定它们还被保管在英国政府的某个部门里。

为什么英国要调查新疆的道路呢？他们要调查的应该不仅是现在使用的道路。一般认为，英国想在沙漠或草原中找出几条有可能成为道路的路线。实际上，容纳多人通行的道路会受到居住条件、饮水问题和气象条件等因素影响，能划出的线路有限。而各种因素随季节变化而变化，要调查这些问题就必须多次考察同一个地方。

英国将来有可能会在此地采取军事行动，所以才觉得这样的调查十分必要。在绍姆贝格奉命考察之际，英国不得不制定中亚作战计划的可能性非常之大。

对于统治印度时的英国来说，防范俄国势力南下是其根本的世界战略。俄国自西伯利亚南下，企图将势力范围从中国东北扩张到朝鲜半岛，英国对此非常敏感。

俄国一开始在符拉迪沃斯托克（海参崴）集结舰队，英国便立刻在朝鲜海峡的巨文岛集结了军舰。后来，俄国舰队因克里米亚战争从太平洋上消失了，英国才将军舰从巨文岛撤到香港。

英日同盟便是英国为了让日本牵制俄国南下而缔结的。

这种19世纪的帝国主义模式到20世纪依然存在。

绍姆贝格的“初次旅行”是1927年到1929年。他骑马到达库车城时，正值1927年除夕，距俄国爆发革命、罗曼诺夫王朝灭亡正好过去了十年。尽管俄国诞生了新的苏维埃政权，但新政权全盘接收了帝俄统治下的领土及其基本的世界战略。

我们再把目光转向东方。由于辛亥革命（1911），不可一世的大清王朝土崩瓦解，新政权就此诞生。绍姆贝格的旅行在此十五年之后。

新生的中华民国不久便分裂成南北两部分。北方是北洋军阀将领控制的北京政府，南方则是以孙中山为领袖的国民党政权。

当绍姆贝格骑马到达新疆时，国民党政府开始北伐，1927年定都南京，第二年6月进入北京。6月4日，张作霖在撤回东北的途中被日军炸死。同日，北伐结束，北方军阀大势已去，逐渐没落。这些都是绍姆贝格骑马游历新疆时发生的事情。

1923年10月，苏联人鲍罗廷[1]被聘请为国民政府顾问。

---

① 米哈伊尔·马尔科维奇·鲍罗廷（1884—1951），国民革命时期共产国际代表。

第二年11月，国民党发表改组宣言。1924年1月，孙中山在国民党第一次全国代表大会上宣布共产党员以个人身份加入国民党，可以选为中央委员。至此国共合作达成，这也成了北伐战争的原动力。

在这一连串事件的基础上，英国考虑未来新疆可能成为战场，所以必须在那里做好作战准备，而事先对行军道路进行调查就是一项基本准备。

考虑到这样的历史背景，我们也就隐约可知绍姆贝格的旅行任务了。他在书中没有写明核心任务，读者难免会产生疑问，为什么他要重复同样的路线以至于到厌倦的程度。不过，作者却无法回答这个问题。

顺着历史发展的方向来看，国共合作在北伐途中便瓦解了。1927年4月，当绍姆贝格进入新疆时，蒋介石在上海发动了“四·一二政变”。8月1日，中国共产党发动了南昌起义，拥有了独立的武装力量。

如果国共合作没有破裂，英国势必加紧筹划新疆对策，所以说绍姆贝格的考察是一次急迫的旅行。

他常常感到焦躁不安：“这里（新疆）总会让人忘记旅程的紧迫。”作者在旅行中最关心的无疑是“任务”，而这一点又不能明说。所以，阅读《中亚骑行记》之后，读者自然会感觉作者的关心集中到了“人”身上。

当然，他的任务中应该也包含对“人”的调查。如果真的在新疆作战，当地居民的性格、思考方式、可信度和组织能力等方面都是考察的要点。更何况新疆是多民族杂居的地区，需要进行非常细致的观察。抛开任务不谈，绍姆贝格确实喜欢与人打交道，读过该书的人都不会否认这一点。仅仅出于义务，他是不可能将这里的人们描写得如此生动的。他在书中说，对游牧民的自由生活“越看越羡慕”。

“哈萨克族的生活就是在草原上骑马、套马、赶回走散的家畜。除了受到自己宗教的些许约束，他们活得悠闲自在，无拘无束。他们的乐趣只有马匹买卖、求爱、跳舞、无尽无休的闲聊、喝奶茶和马奶酒，还有享受美食。这种生活或许与提高精神境界的学问相去甚远，但它完整、简朴、健康……”

这些记述几乎极尽赞美之词。他的马多次被盗，骑马旅行时马匹被偷走，应该不堪忍受。但是，他却这样观察对方：“当地人为了招待客人，宰掉了最后一只羊，同时又抢走了客人的东西，他们真是一群令人吃惊的家伙。”对喜欢跟人打交道的作者来说，当地百姓实在是魅力无穷。作者似乎格外喜欢克烈部哈萨克族，他的记述就很能说明这一点。

作者在书中提到，他从博格多圣山返回乌鲁木齐的途中遇到了斯文·赫定探险队的袁教授和尼尔斯·安伯特[①]博士。袁教授就是古生物学家袁复礼。我们一般通称斯文·赫定探险队，但其正式名称是“西北科学考察团”，团长由徐炳旭和斯文·赫定共同担任。当时民族主义情绪高涨，中国已经不允许外国人单独在中国从事考察活动了。

《中亚骑行记》中多处写到外国人拿走文物的事情。书中说道，中国人的漠不关心与突厥人的偶像破坏结合在一起，可能会对文化遗产造成重大破坏，因此“还是把出土文物带回柏林较好”。

他在柏孜克里克和克孜尔等地都说过这样的话。现在去这些地方，确实能看到那里遭受的破坏触目惊心，但都是在斯坦因和勒·柯克揭取壁画之后才出现的。绍姆贝格虽然没有参与带走或揭取文物的行为，但他大概也感受到了共犯者般的内疚。

绍姆贝格原打算选取从乌鲁木齐出发途经吐鲁番前往罗布泊的路线，以及沿昆仑山脉北坡前往喀什的路线，但是

① 尼尔斯·安伯特（Nils Peter Ambolt，1900—1969），瑞典探险家。

中国官员以不安全为由禁止了这条路线，他将其表述为“妨碍”。放弃这个计划后，他去看了塔里木河，因为他从斯文·赫定探险队成员那里得知，塔里木河流域一改常态，干涸已久的河道又出现了水流。

在这看似漫无目的、不得要领的游记里，塔里木河水的突变可能是一段高潮。长久以来被人们忽视的干枯河道现在竟然水流滚滚，而那曾经汇集了天山南坡所有河水的罗布泊[①]却蒸发殆尽。

对于首次探访此地的人们来说，《中亚骑行记》一书展现出距今半个多世纪之前的风姿。[②]如今，这里发生了巨大变化，当时根本看不到大型喷气式飞机起降的机场和乌鲁木齐的高楼大厦。不过，通往库车郊外大龙池的沿途风景却依然如故。

“附近的红色砂岩峭壁耸立在河岸之上，沐浴着冬日阳光，闪耀着红彤彤的生辉，美不胜收。到达库车河之前，有7公里的道路穿越了美丽的峡谷。”

根据玄奘在《大唐西域记》中介绍的传说，大龙池中的人是“龙种”，他们恃强凌弱，为非作歹，于是龟兹王借突

---

① 日语原文为“塔里木河”，或为作者笔误。

② 指陈舜臣先生写就本书时（1986）的半个多世纪之前。

厥之力将他们斩尽杀绝。

就像《中亚骑行记》中记载的，红崖附近有铜矿山，山体呈塔状，从深红色渐渐变为粉色、橙色，直到乳白色，附近还有露天煤矿。山体呈现多种色彩说明矿物资源丰富。我途经这里的时候，想起了《大唐西域记》中的传说，不禁浮想联翩，库车王之所以杀死大龙池的人们，是不是因为争夺横在两地之间的矿物资源呢？

即便过去了一千多年，争夺财宝同样还会发生。这也一定是绍姆贝格此次考察的一环。

第四节　挫折之旅

罗伯罗夫斯基的探险生涯始于1879年参加普尔热瓦尔斯基的第三次探险队。当时他23岁，很年轻。之后他又参加了第四次探险（1883—1885）。在这次探险中，科兹洛夫以探险家的身份初次亮相。科兹洛夫当时刚满20岁，比罗伯罗夫斯基还小七岁。两个人都是普尔热瓦尔斯基的得意门生。第五次探险原本已计划好，普尔热瓦尔斯基却病逝于伊塞克湖畔，佩夫佐夫[①]接替他从泰米尔盆地出发，穿过莎车、和田，前往西藏探险。罗伯罗夫斯基和科兹洛夫也参加了这次探险。此时，罗伯罗夫斯基还单独调查了喀什噶尔和昆仑山。这次探险从1889年持续到第二年。

《从天山到青海》记述的是接下来的一次探险，1893

① 佩夫佐夫（MikhailVasil'evicPevtsov，1843—1902），俄罗斯探险家。

年开始，1895年中断。这是罗伯罗夫斯基的最后一次探险，其原因如该书末尾所述，他突然中风了。当时他只有三十九岁，大家读完本书便知道，这是他长期熬心费力、拼命工作使然。他的恩师普尔热瓦尔斯基四十九岁就去世了，我们难以想象19世纪的探险人的肉体要承受多么巨大的负担。

罗伯罗夫斯基中风之后无法继续探险。之后他又活了十五年，或者整理探险报告书，或者撰写游记《从天山到青海》。

参加普尔热瓦尔斯基的第三次探险时，罗伯罗夫斯基的身份是动物学家和植物学家。据《从天山到青海》记录，他还拥有参谋本部大尉的头衔。1879年6月15日，他拜谒了普尔热瓦尔斯基之墓，从普尔热瓦尔斯基（为了纪念在卡拉库尔去世的普尔热瓦尔斯基，1889年沙俄皇帝敕令更名）出发时，他给参谋本部和俄罗斯地理学会发了一份电报，他们是此次探险的赞助方。这一时期的探险并不是纯粹的学术调查，而是兼有军事调查的目的。在帝国主义时代，这种情况比较普遍。

例如，1876年普尔热瓦尔斯基进行了第二次探险，与此同时，库罗帕特金大尉也在调查天山南路。这是俄国向阿古柏军队派遣的调查团，纯属军事行动。库罗帕特金的大尉之职不只是一个名号，他是职业军人，从军近三十年后，晋升为陆军大将，在日俄战争中任俄军总司令。

这一时期的探险需要特别关注其时代背景。19世纪下半叶，新疆遭到浩罕汗国阿古柏的入侵。帖木儿帝国崩溃后，中亚进入三汗国（布哈拉、希瓦、浩罕）时代，但俄国通过南进，先后将其吞并。浩罕汗国将军阿古柏拼死防守阿克梅切特[1]，却因遭到俄国将军佩罗夫斯基[2]的炮击而弃城逃往塔什干。浩罕汗国朝廷冷眼旁观，想追究他的战败责任，他便率军出走，进入新疆。

这可以说是一种连锁反应。俄国进攻浩罕汗国，战败的将军无容身之处，向东突进。

1865年阿古柏入侵新疆，1871年几乎掌控了天山南路。

对这种情况表示欢迎的是英国。英国希望与阿古柏缔结友好关系，在天山南麓扶持亲英政权。但是，俄国也没有保持沉默。仿佛是为了寻求平衡，俄国于1871年占领了中国

---

① 今哈萨克斯坦西南部城市，1853年被俄国占有，更名为佩罗夫斯克，1925年更名为克孜勒奥尔达（意为“红城”）。

② 佩罗夫斯基（VasilyAlexeevichPerovsky，1794—1857），俄国上将兼奥伦堡要塞驻军指挥官。

伊犁地区。这显然是无理行为，但俄国以维持新疆秩序为借口，保证新疆恢复秩序后就把伊犁归还给清朝。其实，俄国认定清朝没有力量平定阿古柏叛乱，因此打算永久占领伊犁地区。

然而，清朝派出钦差大臣左宗棠，委以其平定阿古柏的重任。左宗棠是有雄才大略之人，他乘阿古柏失去人心之际，于1877年一举成功平定了叛乱。俄国派遣库罗帕特金大尉去做阿古柏军事顾问的第二年，阿古柏自杀。俄国没有预料到这一点，一度束手无策。清朝屡次催促，俄国却一直拖延归还事宜。清政府向俄国派出大臣崇厚作为全权大使。1879年秋天，终于在克里米亚雅尔塔的里瓦几亚宫殿召开了关于归还伊犁的会议，缔结了所谓的《里瓦几亚条约》。正是这一年，罗伯罗夫斯基首次作为探险家参加了普尔热瓦尔斯基的第三次探险。中俄关系此时相当微妙，终于到了了结长期悬而未决的问题的时候。然而，清朝朝野上下群情激愤，因为崇厚几乎全盘接受了《里瓦几亚条约》中俄国的要求：俄国虽然归还了伊犁，但霍尔果斯河以西、特克斯河流域以及塔尔巴哈台这一广大地区则划归俄国；向俄国支付“代收代守”兵费五百万卢布；允许俄商在蒙古和天山南北路的免税交易等。而且，崇厚没有向本国政府请示关于条约细节的批复，未奉旨就回国了。清政府随即将他逮捕，宣判死刑。之后，清朝又派左宗棠进驻哈密，决定武力包围伊犁，这是强硬派左宗棠的主张。俄国知道这一消息后，也开始备战。为了抢占瓜分清朝的时机，各国都把军舰集结到了上海。

在危机一触即发之际，普尔热瓦尔斯基探险队的罗伯罗夫斯基一行人在毫不知情的情况下来到了西藏。左宗棠进驻哈密之前，俄国探险队已经离开那里，从阿尔金山脉进入了西藏高原。

清朝决定派驻英（兼任驻法）公使曾纪泽与俄国交涉严重不平等的《里瓦几亚条约》的修改问题，然而俄国却迟迟不予回应。清政府无奈之下只好赦免崇厚的死刑，这才使曾纪泽的谈判成为可能。但是，有利于己方的条约一旦签署，修改便没有那么容易了。最终，俄国同意将特克斯河流域和木札尔特峰归还给清朝，但原本清朝领属的霍尔果斯河以西还是划入了俄国版图；塔尔巴哈台的一部分被返还，但斋桑湖[1]东侧则归属了俄国。清朝索回了一些领土，伊犁占领费却从五百万卢布提高到九百万卢布；天山南北麓

① 额尔齐斯河上游流经的淡水湖，位于阿尔泰山西麓。

的免税贸易改为有期限的免税。

1881年2月，条约在圣彼得堡签订，也称为《伊犁条约》。为了压制左宗棠的对俄强硬主张，李鸿章派遣曾纪泽了结了此事。

伊犁条约签订两年后，普尔热瓦尔斯基开始了第四次探险，这也是罗伯罗夫斯基参加的第二次、科兹洛夫参加的第一次探险。这次探险，他们进入了黄河水源地，也是《从天山到青海》书中所提到的探险的起点。黄河的水源也就是人们说的“河源”，大致位于西藏北部。此时英国正在稳步推进对西藏的霸权，俄国不得不应对这个挑战。对英国势力圈周围做细致的实地调查符合俄国的国家利益。19世纪的探险，无一例外都带着火药味。

罗伯罗夫斯基参与的第四次普尔热瓦尔斯基探险已经大致探明了黄河的源头。普尔热瓦尔斯基的《从黄河源流到罗布泊》（白水社版，加藤久祚译）详细记录了这次探险。

盐泽即指罗布泊。当时中国人似乎认为从昆仑山和帕米尔流出的河水注入罗布泊之后会继续伏流，最后从中国的积石山的河源流出。两千年后的普尔热瓦尔斯基认为这种说法荒诞无稽，但是汉代人相信人世间有一条与黄河有关的河流。

中国历史上有几个皇帝曾派人寻找河源。当然这也是为了夸耀国家的每个角落都治理得很好，再遥远的边境也都可以放心前往。当时，“河源”即被认为是一个国家的尽头。

有一个词叫“寻源使”，似乎是指张骞。杜甫的诗中也写道：

闻道寻源使，从天此路回。
牵牛去几许？宛马至今来。

张骞出使是为了和月氏结成军事同盟，但他的出使变成了传说，他成了寻找河源的使臣。比起血腥的军事同盟，追溯黄河源流更有传说的浪漫色彩。不知何时它变成了童话故事——张骞为了探寻河源，乘筏逆流而上，最后到达了银河。杜甫的诗中出现了“从天而回”和“牵牛”的字眼，说明他是在这个传说基础上作的这首诗。但是，杜甫没有相信这个无稽之谈，他知道张骞去月氏的目的。由张骞向朝廷的报告可知，大宛（今费尔干纳）盛产一种叫汗血马的名马，皇帝为了得到宝马，派遣了李广利率领的远征大军。杜甫也知道这一史实，所以才吟咏了“宛马至今来”。这首诗大概是在安史之乱期间创作的，战马的马蹄声或许还在他耳际回响吧。

中国人并不是完全相信黄河重源说。隋炀帝攻下吐谷浑后，于609年在如今大致相当于青海、新疆南部等地设置四郡，分别是西海、河源、鄯善和且末。河源这一命名表明当时的人们认为那里就是黄河源头。

进入唐代后，太宗时代远征高昌国（吐鲁番）的侯君集在讨伐吐谷浑的著述中写道："达柏海，望积石山，观览河源。"（《新唐书》）另外，唐人张文成著《游仙窟》的主人公也被认定为受派遣探寻"河源"的使者。《游仙窟》传入日本后，对日本文学产生过很大影响。

清朝乾隆时期有一个叫阿弥达的人也调查过河源，并撰写了《湟中杂记》。此书大致标示了河源位置，还说前方似乎有伏流。有人批评他在迎合相信伏流说的乾隆帝，但阿弥达的本意或许并不是迎合，只是不愿搅乱乾隆帝的梦想罢了。

潘迪特是印度学者的意思，这个词用来称呼受雇佣来探险的印度人。他们化装成朝圣者或商人，进入白人难以进入的地区进行调查。不用说，他们的雇主是英国人。他们在印度测量局接受了简单的教育，主要被派往西藏。他们拿着的念珠有100颗（一般是108颗），每10颗中间有一颗稍大的珠子，以此来计算走了多少步，据说一颗珠子相当于走100步。他们还把简单的水银计装在化缘的碗里，想尽各种办法去测量温度，但操作起来非常困难。据说多数潘迪特没有读写能力，但正因如此，他们的记忆力才十分超群。率领着装备齐全的探险队的普尔热瓦尔斯基如此批评潘迪特的调查，实在是不近人情。

这次探险期间爆发了中日甲午战争。亲俄派李鸿章主导外交工作，他指望俄国干涉，并为此做了工作。罗伯罗夫斯基病倒的1895年1月28日，正值日本军队攻击威海卫、俘虏清朝北洋舰队的前夕。紧接着，中日签订不平等条约《马关条约》，清朝被迫割让辽东半岛和台湾岛及其附属各岛屿。

此时正是清朝想要依靠俄国的时期，所以对俄国籍的探险队不至于冷眼相待。事实上，第二年，李鸿章便与俄国签订了《中俄密约》。

罗伯罗夫斯基探险队进入青海时，他所处的是西宁办事大臣的管辖地。青海省是民国之后（1928）才设立的。当时的西宁办事大臣是奎顺，驻扎在西藏的驻藏办事大臣是奎焕。他们看似同姓，但不是同族，奎顺是满族，奎焕是蒙古族。

这次探险的队长是罗伯罗夫斯基，科兹洛夫是副队长，队员中只有他们二人是军官。四年后，科兹洛夫从西藏东部去了湄公河上游探险。1909年，科兹洛夫发掘了哈拉浩特遗址[①]，得到很多文物，而罗伯罗夫斯基第二年就去世了。

① 即黑水城，又称黑城。位于干涸的额济纳河（黑水）下游北岸的荒漠上，是居延文化的一部分。

第四部

历史漫步

第一节　历史中的数字与理想

孔子的弟子中，精通六艺者七十二人。六艺指作为君子素养的六种技艺——礼、乐、射、御、书、数。其中，“御”指驾驭马车的技术，而“骑”未列入六艺之中。孔子所在的时代，一定是把马套在车上，人乘坐马车。

据说战国时期赵武灵王（公元前325—前299年在位）首次引入北方少数民族的骑术和骑马用服装，是汉人骑马的开端。考古学家通过研究出土文物也证明了在此之前汉人是不骑马的。所以，马厩着火时，孔子只过问有没有人受伤，没有问马匹，这里的“马”不是骑行用的马。

六艺中礼和乐最为重要。《论语》里我最喜欢《泰伯第八》中的“兴于诗，立于礼，成于乐”一句。这里涉及了六艺的先后顺序。人类有感而发是“诗”的源头，但“诗”有时会脱离规范，这时就必须以“礼”来建立秩序。而人修养的完成在于音乐。

据《史记·孔子世家》记载，孔子有三千名弟子，但精通六艺的只有七十二人。同样是这部《史记》，《仲尼弟子列传》中却记载着颜回等七十七人的名字。

七十二是十二的六倍，有人认为这是数量多的意思。《水浒传》中的梁山好汉共有一百零八人，是十二的九倍。在其原型《宣和遗事》中，好汉有三十六人，是十二的三倍；之后又增加了七十二人，变成了现在的《水浒传》。

道教认为世界上有七十二处“福地”。众所周知，传统历法三候为一气。从立春到大寒，这一年中的二十四节气乘以三便是七十二候。在这种意义上，七十二这一数字也为中国人所喜爱。

曹操死后命人修建了七十二座陵墓，因为他害怕死后陵墓被盗，不想让人们知道他真正的陵墓是哪一座。陵墓的数量是七十二，这一点也很有中国特色。

然而，中国人最熟悉的数字当属“五”，这与阴阳五行说有深厚的渊源。中国人起名字时，大体上也遵循五行说。我家的家谱也能体现这一点，取名时按照“炳、培、钧、河、杨、灯、地、银、汉”的顺序，名字中带有家谱中的一个字。其中的依据只能用“火、土、金、水、木”的五行说来解释。我家最后按照家谱起名的一辈是四代之前的“培”字辈，从那之后就不再这样做了。一个大家族在一片土地上生活上百年，可能一位白发苍苍的老人比刚出生的婴儿的辈分还低，就得叫这个婴儿一声叔父。可能是因为出现了这种不合理的事情，所以才不再这样起名了。现在我家人一般只知道自己的辈分，而名字则是另一回事。我是“灯”字辈，五行属火，但一般通用名是“舜臣”。

五伦即一个人必须遵循的父子、君臣、夫妇、兄弟、朋友之间的五种行为准则。清末被处死的谭嗣同（1865—1898）认为，五伦中只有朋友这一伦常关系是平等的，因此他主张废除剩下的四伦。

五爵是指公、侯、伯、子、男这五种爵位。在日本，这种爵位制度一直使用到第二次世界大战战败。殷商时期，还有一个爵位叫“妇”，地位最高，甚至高于公爵。“妇”指的是王的妻子。

1976年从殷墟的一个大型墓坑中发掘出土的青铜器上刻着“妇好”的铭文。殷墟大部分墓主身份不明，但这座墓葬可以确定为商朝第二十二代君主武丁的妻子妇好之墓。

刻有甲骨文的甲骨片都出土于武丁时代之后，之前还没有出土过甲骨。

据《殷墟妇好墓》考古发掘报告（1980）记载，有一段卜辞说妇好统领几千名士兵。我们不清楚她实际是否参加了战斗，或者是否由别人率领了她的军队。

但是，妇爵比公爵和侯爵的地位高，所以我们可以认为妇爵拥有很大权力。妇好墓中出土了二百一十件青铜器，这似乎表明她是部落联盟的关键所在。

从周代到秦朝，女性的权力逐渐衰弱，“妇”这一爵位也从记录中消失了。

有皇帝这个至高无上的统治者，就不会出现与其平起平坐的人。三国时期，三分天下的曹操、刘备和孙权被称为“三哲”，而他们的家臣却不能与之为伍。

但是中国人似乎认为，拥有绝对权力的统治者不应该是一个平易近人的人。无论是《三国演义》这种历史小说，还是《西游记》这样的虚构故事，最高层人物总让人觉得缺乏生气。刘备本应是一个有趣的人物，但因为当上了皇帝，所以作者下笔时就有了顾虑。例如平定了黄巾之乱之后，刘备被任命为安喜县县尉，每年俸禄只有三百石，他很不满意，觉得自己应该有一个更高的职位。

中国的郡县制度之中，县是最小的行政单位。据说秦始皇推行郡县制时，设三十六郡，其下的县有几百个。《后汉书·郡国志》的结尾部分记载，东汉时期，郡有一百零五个，郡下所属的县竟多达一千一百八十个。

县原本不值一提，而县长之下才是县尉，所以刘备很不满意。这时，负责巡视地方、稽查地方官吏工作的督邮来到了刘备所在的县。于是，情绪低落的刘备痛打督邮，将督邮捆绑起来怒鞭两百下。痛打上司决不会轻易了事，刘备索性将为官的凭证——官印挂在督邮的脖子上，然后与自己的部下关羽、张飞等人一起逃之夭夭。

据正史《三国志》记载，是刘备做了这件粗野之事。但在《三国演义》的故事中，怒鞭督邮的人就变成了一直给人以粗鲁印象的张飞，刘备匆忙制止张飞，但为时已晚，他扮演的是一个因家臣胡来而惊慌失措的主人角色。

中国百姓所期望的帝王形象便是如此。

《西游记》也是这样，孙悟空大闹时，唐三藏总是表现出惊慌失措的样子。虽然是虚构故事，但很明显是为了说书和表演时赢得观众的喝彩而编造出来的。

《水浒传》也几乎都是虚构故事，但头目宋江却并没有什么突出的表现，反而是花和尚鲁智深和打虎英雄武松这样的人物形象更加生动丰满。

百姓其实并不希望皇帝有活力，皇帝如果特立独行，就麻烦了。

读历史时，我们会想到那些英明卓越的皇帝。但是，我们也有必要设身处地地站在当时民众的角度来思考历史。虽说是汉武帝击退了匈奴，但我们不能忘记其背后有李陵的悲剧。李陵的悲剧也牵连到了司马迁。

对于百姓来说，也许像汉文帝、汉景帝那样无为而治的时期才是黄金时代。

我并不认为频繁发动战争的唐玄宗是一代明君，读过杜甫的诗便能明白其中的道理。他的《石壕吏》一诗是了解这个时代历史之人的必读篇目。此外，白居易的《新丰折臂翁》也向历史爱好者展示了历史。

第二节　关帝庙

关帝庙供奉的是三国时代的英雄关羽，他效力于蜀国“皇帝”刘备，当时关羽不是“皇”，也不是“帝”。不过，中国人还是为他立庙纪念，尊称他为“关帝”。

关羽武运不佳，建安二十四年（219）在漳水河畔战败而死。与其交战的吴国统帅吕蒙不久后也病死于公安[①]。

吴国副将孙皎也在关羽死后不到一个月就去世了。第二年正月，吴国把关羽的首级送到同盟军曹操手中，当月六十五岁的曹操病死于洛阳。《三国演义》中说吕蒙和曹操都是因为关羽的怨灵附体而死的。

可见，关帝庙是安魂“祠”的说法比较可信，但仍留下了一个问题：为什么由关羽来镇压怨灵？历史上含恨而死的

---

① 地名，隶属今湖北省荆州市。

人不计其数，如屈原就是其中的代表人物。

但是，说起对人世心怀怨念的武将，人们首先会想到颇具悲剧色彩的关羽。此外，关羽还具有“诚信”这一人性化的一面。他跟曹操最终兵戎相见，因为接受过其恩惠，离开时坚守道义，不忘报恩。有人认为，重视信义也是关羽受到商人崇拜的原因之一。一旦与人有约，无论发生什么事都要信守诺言。关羽重视的信义不仅是商人必备的品质，无论是学者，还是公务员或技术工作人员，都应当严守信义。关羽的故乡解县[①]是盐产地，全国各地的盐商云集于此。大概也是这个原因，关羽才和商人颇有缘分。

关羽通常被称为关公，宋代时被追封为武安王，从那时起，祭祀他的地方开始被称为关王庙。明万历二十二年（1594），关羽被追封为协天护国忠义大帝[②]。关帝庙的说法是此后才出现的。

① 今山西省运城市。

② 日语原文为“协护国忠义大帝”，或为作者笔误。

第三节 诗史

有一个词叫“诗史”。如果把重心放在“史”上，就是讲述诗歌变迁的历史；若把重心放在“诗”上，就是用诗的形式来讲述历史事件的经过和个人传说。

文学领域中的“咏史”诗属于后者。从学术角度对历史提出“如果”的假设或许是歪门邪道，但喜欢历史的人也许都会想“如果那个时候是这样的话……”，唐朝的杜牧就很喜欢这种想象。

胜败兵家事不期，
包羞忍耻是男儿。
江东子弟多才俊，
卷土重来未可知。

《题乌江亭》描写了项羽生命的最后时刻，含有对项羽养尊处优、不知人间疾苦的批判意味。反过来说，或许这首诗也在不经意间道出了作者对自身和自己周边环境的批判。

除此之外，诗史还专指杜甫的诗。可以说，杜甫的全部作品就是用诗写就的历史，并不限于“咏史”。

《熟食日示宗文、宗武（杜甫之子）》中有一句“松柏邛山路，风花白帝城”。寥寥数言，描绘了这样的情景：诗人哀叹身处乱世，长期无法回到洛阳墓地所在的邛山去扫墓，墓地旁种植的松柏郁郁葱葱，而此刻映入眼帘的却是异乡的白帝城，风儿吹过，落花满地。诗里描绘的是一个旧世界，也可以说是历史本身。通过描绘历史，诗人能够永远参与其中。透过优秀诗人的作品，能够窥探到历史的光与影，这是我们无上的幸福。

第四节　共有的文化

中国经典著作的一个特征是普通人经过一般的努力便可读懂。这里说的普通人，不仅指中国人，还包括依靠颠倒符号[①]或者通过训读汉文把汉语作为日语来读的人。我觉得主要是因为中国的经典著作传统几乎没有断绝的缘故。

其他地区的经典著作则未必如此。比如，一个普通人能否经过一般的努力读懂古希腊经典或许就成了问题，更何况古埃及的圣书体[②]和现代阿拉伯字母之间存在着过大的隔阂。

此外，汉字是表意文字，虽发音随着时代和地域的变化而有所改变，但记载下来的经典著作几乎原封不动地流传到现代。

---

① 指日本训读汉文时在汉字左下角标注的符号。

② 古埃及人使用的一种文字体系。

魏文帝曹丕说："盖文章经国之大业，不朽之盛事。"他跟随父亲曹操南征北战，纵横沙场。据说军费不足时曹操便下令挖掘坟墓来填补财政亏空。

> （曹）操帅将吏士，亲临发掘，破棺裸尸，掠取金宝。
>
> ——《文选·檄》

亲眼见过这种场面的曹丕深知"不朽之盛事"有多么困难。不论帝王贵胄生前衣饰多么华美，死后也不过落得曝尸在外、金银财宝被劫一空的下场。与之相比，留传下来的文章则会永垂不朽、一往如初。

日本把认识汉字当作一种修养，直到明治初期，男子大多用汉文来明志。西乡隆盛在一首言志汉诗中写道："不为儿孙买美田。"或许是因为他想起了《后汉书》中庞公说给子孙留下遗产就是留下危险的故事。

明治以前，"诗"即汉诗，"歌"即和歌。如果说诗歌是日本人文艺的核心，那么汉诗背后的中国故事便是中日两国文人共有的东西。明治时代以来，这种共享状况则日渐解体。

松尾芭蕉曾说他品尝过李杜的心酒，并坦露了他的倾慕之情，但白居易对日本文人的影响远远大于李杜二人。白居易在世时，他的著作便传入了日本。《枕草子》中说："文是《文集》《文选》，文章博士所做的申文。"仅说《文集》二字就意味着是白居易的作品《白氏文集》，可见他的文章深受人们喜爱。

虽说中日共享了经典著作，但日本是根据颠倒符号阅读的，障碍颇多。就这一点而言，白居易的文章浅显易懂，而且像《长恨歌》《琵琶行》那样的长诗具有故事性，更易于理解。

江户时代的室鸠巢[①]曾指出，中国的诗歌自古晦涩难懂，日本人难以理解，唯独白居易的作品简明易懂，因此平安时代十分流行。

浅显易懂并不是白居易的诗深受日本人欢迎的唯一原因。即便出自同一位作者之笔，同样浅显易懂，白居易也有不易被接受的作品。白居易给友人元稹的诗中，把自己的作品分为"讽喻""闲适""感伤"三类，并认为其中最重要的是"讽喻"。然而，正是这些讽喻诗，最不受日本人欢

---

① 室鸠巢（1658—1734），日本德川中期的儒学家，著有《太极图述》《赤穗义人录》等。

迎，很少有人读。

如《诗经》序中所云：“言之者无罪，闻之者足戒。”讽喻诗就是为了将百姓从痛苦中拯救出来，替他们说出想说的话。古代专司其职的部门称“乐府”，其作品也叫乐府，白居易的讽喻诗就是这种“乐府”，他将自己的作品称为“新乐府”，并称“为君，为臣，为民，为物，为事而作，不为文而作也”。

比如，他在一首题为《海漫漫》的诗中作注说：“戒求仙也。”这首诗的主要内容是，如果天子热衷于求仙长生，百姓就会陷于水深火热之中。

《胡旋女》中则注释“戒近习也”。这是一首吟咏波斯舞女的诗歌，但其本意则是天子应当慎重挑选左右亲信。

《新丰折臂翁》相当有名，它的注释是“戒边功也”，讲述的是一位老翁年轻时为了逃避征兵，将自己的手臂折断的故事。老翁因此得以长生，欢喜不已。这首诗是为了劝诫统治者停止征战。

还有一首诗，吟咏的是长安盛行的牡丹花，采取了赞美天子关注农事而非牡丹之美的形式。因为当时长安兴起一股“牡丹热”，白居易对这种“花开花落二十日，一城之人皆若狂”的现象感到不满。

事实上，天子不仅不关心农事，反而可能是“牡丹热”的始作俑者，白居易正是为此忧心不已。

读白居易的“新乐府”便知，他在这种讽喻诗上下的功夫最多，我们也能够从中感受到他的抱负——当诗人就是为了作出这样的讽喻诗。

讽喻诗多议论时事，涉及对当时皇帝的劝谏和进言，多是热门话题。而一海之隔的日本则无法理解新丰老翁说的云南和泸水这样的地名。即便能理解，那也不是日本读者所期待的“诗歌”。

然而，受日本欢迎的还是“闲适”和“感伤”类型的诗，讽喻诗则几乎无人问津。按照白居易自己的分类，他的代表作《长恨歌》和《琵琶行》应该属于感伤诗。

《和汉朗咏集》汇集了深受平安时代贵族喜爱的文学作品，其中汉诗部分共收录八十位诗人的作品，白居易的作品最多，有一百三十五首，此外再也没有收录一人的作品超过五十首的。《和汉朗咏集》几乎收录了除讽喻诗外的所有白居易的作品。日本人喜欢白居易，看来只喜欢他的一部分。

不过，日本人广为传诵的《唐诗选》[①]中，白居易的诗

① 明朝李攀龙编纂的唐诗选集。

一首也没有收录。或许是因为这部选集的重点在于初唐和盛唐时期。《三体唐诗》[①]也没有收录李白和杜甫的诗，因为这本诗集将重点放在中唐和晚唐时期，它与《唐诗选》形成互补。

《唐诗选》或许是假借名人的名义编辑的，但编辑得很好，将其与《三体唐诗》一并阅读，便可大致了解唐诗的全貌。

《白氏文集》是日本平安时代文人的必读书目，《唐诗选》和《三体唐诗》紧随其后，成为中日共有的文化财富。

---

① 宋代周弼编写的诗集。

第五节　历史中的禅让

我特别喜欢“雨过天青”[①]这个词，曾用它为我的一部随笔集命名。这个词是指刚下过雨后天空放晴呈现出的蓝色。

唐朝之后的大约五十年间，相继出现了五个政权，也就是所谓五代时期。后梁、后唐、后晋、后汉和后周五个政权中，说过“雨过天青”这个词的是最后一个政权后周的皇帝。这位皇帝本名柴荣，庙号世宗。后周世宗（921—959）是一位明君，据说他在京城开封开窑烧瓷时，臣下问他想要烧制什么样的瓷器，他回答说：“雨过天青云破处。”

世宗的这个要求相当有难度。雨后天空的蓝色，也是云消雾散、天空初晴时的颜色。

---

① 《雨过天青》，陈舜臣随笔集之一，中国画报出版社出版。

世宗开办的官窑也叫柴窑，在那里烧制的瓷器称“雨过天青瓷”。真想看看那究竟是怎样的瓷器，却一件都没有发现，窑址现在也没有找到。有人说当时战乱频仍，所以这种瓷器仅仅止于计划，实际没有烧成。总而言之，如果有，它应是如梦如幻的绝品。

世宗是鲜有的杰出人物，却在三十八岁时英年早逝，令人惋惜。当时其嗣子只有七岁，生逢乱世，年幼的君王难以维系政权。他的部下推举殿前都点检赵匡胤，并拥立他为帝，这就是后来的宋太祖。

这种政权的交替方式称为禅让。据说尧舜时代政权交替都是通过禅让实现的。社会学家认为，进入私有制社会后才开始采用世袭制。据说夏王朝是第一个世袭制王朝。到了殷朝（商朝），由于出土了大量甲骨片，所以可以确定殷朝是世袭王朝。

我们都清楚，此后世袭制天经地义，偶而会采取禅让的形式，实则是“篡夺”。王莽通过“禅让”继承了汉朝的皇位，实际上不过是一出掩人耳目的把戏。王莽残忍地将年仅十四岁的汉平帝杀死，抱着其尚在襁褓中的婴儿（两岁），令其让位。据说当时他涕泪横流地说：“昔周工摄位，终得复子明辟，今予独迫皇天威命，不得如意！”

此后还有汉献帝将帝位禅让于魏国曹丕，但这也并非皇帝所情愿。不过，让位后的汉献帝被封为山阳公，得以尽享天年，也算是一件幸事，他比魏文帝（曹丕）还要长寿。

魏元帝（曹奂）后来也将帝位禅让于晋武帝（司马炎），前者也比后者多活了十余年。据《三国志》记载，与被封为山阳公的汉献帝相比，魏元帝被封为陈留王，还享有封国待遇，成为晋的宾客，情况要好得多。当然，应该考虑到《三国志》的作者陈寿为晋朝效力这一因素，或有美化晋朝之嫌。

得知隋炀帝驾崩的消息后，李渊（唐高祖）通过隋炀帝之孙杨侑禅让的方式即位。二百九十年以后，唐昭宣帝禅让的第二年被毒死，其兄弟九人被悉数杀害，投入九曲池中。与魏晋时期相比，禅让变得更加血腥。

朱全忠之后约半个世纪，宋太祖接受柴荣幼子的禅让。历史上的禅让先例众多，这一例堪称典范。柴荣之子被封为郑王。宋朝遭到女真族建立的金朝驱赶，被迫南迁，此时郑王也与柴家随宋朝一并南迁，直到宋朝被元所灭，郑王一族一直享受宋王朝的宾客待遇。双方一直遵守着约定，长达三百年之久。

宋朝历代皇帝即位时，会有一种独自拜读太祖石刻遗训的仪式。仪式是秘密举行的，所以遗训内容无人知晓。直到太祖即位一百六十六年后，女真族建立的金朝蹂躏了开封，宋朝被迫南迁，石刻遗训的内容才为世人所知，内容如下：不能因士大夫言论而处以死刑，子孙世代都要照顾让位于宋的柴氏族人。

北宋是新旧党争异常激烈的时期。然而，最重的刑罚也不过像党争中失败的苏东坡那样，被流放到海南岛，而无人被判处死刑，因为读过石刻遗训的皇帝会坚决反对死刑。宋朝皇帝也绝不会忘记柴家。

南宋灭亡时，谈不上禅让，但元朝仍然以宾客待遇对待南宋皇室。六岁的南宋末代皇帝（恭帝）也与忽必烈一族的公主联姻。相传元朝的末代皇帝顺帝其实是南宋末代皇帝之子。有闲人考证，元顺帝出生时宋恭帝正好五十岁，此时恭帝已遁入佛门，所以这一说法怎么看都站不住脚。

从形式上来看，明朝被李自成所灭，不会有禅让的说法。

从清朝到中华民国的转变，是通过革命的方式完成的。禅让的时代早已一去不复返。

第六节　历史博物馆的回忆

我去过北京历史博物馆[①]好多次，护送鉴真坐禅像[②]的那一次给我留下了深刻印象。国宝要出国，文化厅[③]也相当紧张，但森本长老[④]说，还是之前去巴黎的那一次更加让人费神。“这一次可是回娘家。”我至今也忘不了森本长老说话时和蔼可亲的面容。

1984年，为了撰写《中国发掘故事》，我曾去过一次北京历史博物馆。当时，我在特别展厅里见到许多珍贵文物。

---

① 时为北京中国历史博物馆，是中国国家博物馆的前身。

② 1980年4月13日—5月28日，由日本奈良唐招提寺、中日文化交流协会和朝日放送社联合组织的“鉴真和尚像中国展”，先后在江苏扬州和北京展出。

③ 日本中央省厅文部科学省所管辖的外局之一，负责统筹日本国内文化、宗教交流事务，设置于1968年。

④ 森本孝顺（1902—1995），日本唐招提寺第八十一代住持。

其实当时我和司马辽太郎[①]先生在福建逗留了一周之久，在厦门和他分开后去了北京。时至今日，那次旅行仍令人难忘。

当时在历史博物馆特别展厅里见到的文物中，最出众的当数春秋时代的“秦公簋”。有拓印名家之称的马旭先生还为我做了拓片。

铭文中，“秦”“朕”“以”等十二字出现了两次。罗振玉等人认为，因为这些字的形状、大小分毫不差，因此可能是事先做成字模，然后铸铭而成。据说这只秦公簋是秦哀公时期铸造的，是秦始皇统一天下三百年前的物件。

我在历史博物馆的特别展厅久久地注视着文物，中国历史使我浮想联翩，这种经历令人难忘。午饭也是在博物馆里吃的。

马先生的拓片十分珍贵，我拍照后当作插图插入书里。这已经是十二年前的事情了。

---

① 司马辽太郎（1923—1996），日本作家，代表作有《枭之城》《功名十字路口》《宫本武藏》等。

第七节 连接东西方之人

日本北海道西南部，洞爷湖以南有一处有珠遗迹。考古研究表明，有一只与公元1世纪前后弥生时代的遗骸一同出土的贝镯，是只生长在奄美大岛[①]以南热带太平洋的护法螺。在冲绳的伊江岛也发现了制作护法螺和芋螺工艺品的作坊遗迹。不过，没有留下任何相关记录。

大陆定居者的记录保留起来十分容易。他们为了契约、土地边界或者来年的作物而记录今年情况的例子不胜枚举。但是，傍海而居的人们则似乎有一种不重视记录的天性。

日本旧石器时代的遗骸几乎大半出土于冲绳。据说旧石器时代的遗骸，如出现在教科书中的港川人等，百分之九十都出土于冲绳。此外，日本国内只有冲绳出土了中国战国时

① 日本九州南方海面上奄美群岛中的主要岛屿，属于日本鹿儿岛县。

代的明刀钱。冲绳的具志市还同时出土了弥生时代的陶器和中国的铜镜。这在日本也是绝无仅有的例子。

说到冲绳，就会条件反射般联想到“大海”。曾几何时，冲绳是“海上之路”的说法广为流传。这里出产一种“宝贝”，在三千年前的殷王朝十分流行，是一种在中国沿海地区捕捞不到的贝类。它就是子安贝，只有在日本的宫古岛①或越南才有出产。柳田国男②大胆地提出了这样一种说法：殷人为了获得子安贝而来到冲绳，当时中国已进入铸币时代。他们留在这里，随后沿着岛屿北上，成为了最初的日本人。

暂且不提这段古老的历史，但只要想到自古至今那些远渡重洋，给我们带来新鲜事物的人，无论如何都不能忽略遣唐使。与遣唐使同行的鉴真大师虽然不是遣唐使，但也决不能不提。另外，唐朝这一世界帝国通过直接或间接的东西交流，给日本造成了巨大影响。三藏法师和从海路去往天竺的义净③，其存在也有重大意义。

比玄奘早二百年前往印度的法显，去时走的是陆路，归

---

① 日本宫古列岛的主岛，地处琉球群岛西南部，先岛诸岛东部。

② 柳田国男（1875—1962），日本民俗学创立者。

③ 义净（635—713），唐代译经僧，河北涿县人。

程走的则是海路，他留下了一份珍贵的记录。411年，法显从斯里兰卡出发，坐着载有二百人的船先到达爪哇岛，在那里换乘前往广州的船只，最后却漂流到了山东半岛。法显、玄奘和义净都留下了饶为有趣的游记。相反，从印度来到中国的达摩①、鸠摩罗什②和真谛③等人却没有留下任何旅行记录，或许是因为他们的价值观不同。

除宗教家之外，外交家也起到了促进东西方交流的作用。有一个叫王玄策的外交官，与玄奘几乎是同一时代，曾三次前往印度并发起战争。然而，其传记记载却不甚详尽。他写了十卷游记，如今已失传，只有一部分被其他文章引用，才零散地为世人所知。当时的外交使节稍有不慎就会被杀，王玄策似乎不是什么重要人物。

连接东西方，不论是从东走还是从西走，似乎到达费尔干纳一带就寸步难行了。亚历山大的军队最东到达了费尔干纳盆地，汉武帝为了求汗血宝马而西行所至的“大宛国”其实就是费尔干纳。

---

① 菩提达摩（？—535），南北朝禅僧，为南天竺人或印度人，将佛教禅宗带入中国。

② 鸠摩罗什（344—413），东晋时期后秦高僧，天竺人，出生于西域龟兹国（今中国新疆库车）。

③ 真谛（499—569），南朝时期天竺僧人。

可以说，让历史停滞不前的正是费尔干纳，而打破这一局面的则是蒙古帝国。此后不仅陆路畅通无阻，像马可·波罗那样归程时乘坐巨船悠然航行也得以实现。有着四根桅杆的十四艘巨船连成一排行驶在福建泉州到波斯湾的霍尔木兹海面上，可以说十分安全。世界著名旅行家伊本·白图泰①也在他的著作中记载了中国船只的大小。

之后，明朝出现了郑和七下西洋的壮举。六十二艘巨船载着两万七千八百余名士兵，航海一直从1405年持续到1433年。

这次航海的总指挥郑和在航海过程中，还向麦加派遣了使节。但这项航海事业后继无人，实在可惜。

① 伊本·白图泰（1304—1377），摩洛哥穆斯林学者，旅行家。

第八节　故宫的乐趣

故宫有“旧时宫殿”的意思。辛亥年（1911）中国发生革命，清王朝随之覆灭，第二年，中国变为“共和国”。帝制时代有宫殿，但共和制时期就不应该再有皇帝居住的“宫殿”了。于是，位于首都的宫殿就被称为“过去的宫殿”，也就是“故宫”了。

像“故乡”“故国”等词一样，“故”这个字给人一种怀旧的语感。其实，一些人原本打算使用“废宫”这一名称，他们认为采用共和制却还怀念专制时代的东西，不成体统。好在几乎无人赞成，“故宫”这种叫法便最终确定了下来。

清朝的宫殿是指位于北京的紫禁城，但实际上“故宫”包含的意思更广。抗日战争前夕，故宫博物院所藏文物几乎全部被转移了出去。由于战火蔓延，数量庞大的文物被辗转运到南方，最终转移到四川，还曾一度运往湖南大学。由于日军进攻速度快得出乎意料，这批文物不得不进一步向内陆转移。几日后，湖南大学遭到日军空袭，化为灰烬。故宫的文物免遭一次浩劫。

故宫的文物是皇帝收集来的“宝物”。康熙、雍正和乾隆三帝在位（1661—1795）的一百三十余年是“康乾盛世”，可谓黄金时代。三人之中乾隆对于文物收藏最为热心。他自己也是一位独具慧眼的鉴定家，因此当时为其收集文物的人也一定十分紧张。不用说，他在位时收集的文物品质都出类拔萃。

古代文物的精华当属青铜器和玉器。它们或是王室和收藏名家传下来的“传世品”，或是古墓中发掘出来的“发掘品”，从古董商那里买来后上贡朝廷。

但凡中国的富豪或名家，都会收集书画、陶瓷、珐琅器、文房四宝和家具之类的东西，但其规模和皇家的收集不可同日而语。此外，历代档案等资料也都只有皇家才有。

这些东西即使现在不在紫禁城里，也叫“故宫文物”。它们被疏散到各地，在四川省的山洞里也好，在台北也好，或者留在北京故宫里也好，全都是故宫的文物。

这些东西过去属于皇帝，或者属于皇宫，但现在属于中国人。在我看来，“属于中国人”这种意识很快就会消失，一定会出现“这是属于世界的宝物”这种新想法。

那些与自己一同穿越战火，藏身于洞穴深处的故宫文物，俨然战友一般，中国人决定与它们同呼吸，共命运。经过这个阶段，中国人才能意识到故宫文物是世界的瑰宝。

如今，影像技术突飞猛进，比如佛像的宝冠部分，通过影像要比肉眼观察得更加清晰。我希望，看过这些影像的人能够一边回忆，一边追求新的发现；第一次观看的人也能够为进入未知世界而激动不已。这些故宫文物逐渐从国宝变为世界瑰宝，它们被拍摄为影像，又成为我们每个人的财宝。这是一件令人愉快的事情。

第九节　在特殊历史上构筑的未来

——“香港回归与一国两制”的走向

黄帝是传说中的圣王，是否真实存在还不得而知。但每年清明节，陕西省的黄帝陵还会举行公祭活动。现存最早的祭文写于明朝洪武四年（1371）：“……遂平暴乱，以有天下，主宰庶民，今已四年矣。”祭文向黄帝汇报了平定天下、建立新王朝的事情。祭文是以洪武帝的名义撰写的，自然是最严肃的报告。

中华人民共和国自1955年开始举行黄帝陵公祭，1962年后中断了19年，之后又从1980年恢复了公祭。

我作为陪祭人参加了1987年的公祭。当年的祭文中有“……文化昌盛，经济繁荣，一国两制，五洲共钦，祖国一统……”等内容。

此时的“一国两制”究竟意味着什么，我们并不清楚。

但是十年以来，我认为“一国两制”并不是一句模棱两可的口号。

1984年12月，当时的英国首相撒切尔夫人极不情愿地签署了同意返还香港的共同声明。香港回归中国由这一文件确定下来。

不用说，为了迎接香港回归，中国考虑了各种情况，并准备了应对策略。既然叫“一国两制”，就要保留资本主义制度，但究竟保留到什么程度，目前只能凭空想象。

华人占香港人口总数的百分之九十八。太平洋战争中被扣押在沈阳的英国人香港总督杨慕琦[①]回到香港后，实施了“华人优待政策”。由三十人组成的市议会成员半数改为华人。这就是所谓的“优待”。三十名议员中，十名由政府委任，其余二十名则为民选。二十名民选议员中，十名洋人是以全香港为一个选区选出的，参选资格是在香港居住一年以上。而华人的选举方式则是将香港分为十一个区，每区分别选出一人。然而，只有在香港居住十年以上才有竞选资格。战后五十年，特别是香港回归前夕，选举方法有所改善，但基本上如上文所述，变化不大。

---

① 杨慕琦（Sir Mark Aitchison Young，1886—1974），第二十一任香港总督，太平洋战争后，于1946年复任香港总督。

殖民统治的主调是歧视，香港被殖民统治时也是如此。长期以来，洋人的居住区禁止华人入内。英国在殖民统治香港的五十五年里，颁布了针对华人的“宵禁令”。晚上11时（不久改为10时）后华人便不能外出。在1908年9月的英文报纸上，有人提议应当在电车和公园里设置洋人专用座位，不跟华人混在一起，华人因此群情激愤。

有必要回顾一下发生于1923年3月4日的沙田事件和1925年的沙基事件。沙田位于香港，沙基则是广州的街道名称。但是，在那里被英国用机关枪射杀的六十二名牺牲者都是香港的工人，原因是海员罢工①。香港总督因此被撤换，由金文泰②出任第十七任总督。在此之前，行政机构中的三名非官方委任议员都是洋人，新总督上任后首次任命了一名华人。立法局非官方委任议员定额六名，其中华人两人，此时增加到三人，但定额也增加到了八人。

这种微不足道的“优待”也并非唾手可得，而是用沙田和沙基的牺牲者的鲜血换来的。我们必须重新审视香港这座城市，让香港有新的发展，在未来发挥更大的作用。

---

① 1922年1月12日的香港海员大罢工。

② Sir Cecil Clementi（1875—1947），英国资深殖民地官员，1925年至1930年任第十七任香港总督。

很多人都在关注着这个“一国两制”，他们都抱着一种期待：或许“一国两制”能成为拯救这个病态世界的一剂良药。

后记（文库版）

本书主要收录了我在几套系列丛书里撰写的随笔。

第一部《万邦宾客》是NHK出版的《故宫》（全4卷）各卷末尾的文章。当时北京和台北两座故宫博物院的藏品无法汇聚一堂，但NHK的节目组与两座博物院交涉成功，使两院藏品能在影像中同时出现，电视节目已经放映了几次。《故宫》就是将电视节目的内容整理出版的成果。这项工作我也参与了，但我觉得优秀的文物无论置于何地，都应该为喜爱它的人所拥有。身处21世纪，我们应当超越国籍和种族的差异，将其视为全人类的瑰宝。我在大英博物馆作的诗就以“秘文名画万邦宾”一句作结。

我很喜欢“万邦宾客”一词，因此把它用作本书的书名。

第二部《西域·丝绸之路》由读卖新闻社出版的《丝绸

之路全纪行》（全五卷）各卷中的文章组成。我在文中介绍了一个观点，即敦煌第十七窟之所以被封上，并非因为担心西夏侵略这一迄今为止的定论，而是对自西而来的喀喇汗王朝有所忌惮。我自己也找到了这样的证据，自1976年我撰写《敦煌之旅》以来，敦煌学研究已经取得了惊人的进步。

第三部《边境历史纪行》是我对白水社策划的系列图书各册做的解说。

第四部收录了几篇新近撰写的随笔。这里要提到一些私事，1994年我大病一场，出院第四天就遭遇了阪神大地震。正因为这几篇随笔的写作是以这种苦难为背景的，所以才令我难以忘怀。

2001年6月

陈舜臣